GW01372850

LA LIGNÉE

Avec plus de 5 millions de livres vendus, Aurélie Valognes est une figure incontournable de la littérature contemporaine. Née en 1983 à Châtenay-Malabry, l'écrivaine a publié plus de dix romans, dont *Mémé dans les orties*, *Au petit bonheur la chance*, *Né sous une bonne étoile*, ou encore *L'Envol*, qui ont tous connu un succès retentissant et sont traduits dans plus de quinze langues.

Paru au Livre de Poche :

MÉMÉ DANS LES ORTIES (2016)
EN VOITURE, SIMONE ! (2017)
MINUTE, PAPILLON (2018)
AU PETIT BONHEUR LA CHANCE (2019)
LA CERISE SUR LE GÂTEAU (2020)
NÉ SOUS UNE BONNE ÉTOILE (2021)
LE TOURBILLON DE LA VIE (2022)
LA RITOURNELLE (2023)
L'ENVOL (2024)

AURÉLIE VALOGNES

La Lignée

ROMAN

FAYARD

© Librairie Arthème Fayard, 2024.
ISBN : 978-2-253-94078-4 – 1re publication LGF

Que font les écrivains quand ils n'écrivent pas ?
Ils s'écrivent.

Prologue

Chère Madeleine,

Je viens de finir votre nouveau roman et je l'ai trouvé vraiment pas mal. Moi aussi, quand je serai grande, je serai écrivain.

D'ailleurs, j'ai déjà écrit un livre, il s'appelle *Un renard dans le poulailler* : vous trouverez mon manuscrit dans l'enveloppe. Si vous avez le temps de le lire et de me dire ce que vous en pensez, ce serait super. À mon avis, il est pas mal aussi ! C'est l'histoire d'un vieux renard qui passe son temps à embêter ses voisines (les poules) jusqu'au jour où un poussin, « une poussine », plutôt, pipelette, effrontée et éprise de liberté, va le remettre à sa place. Bon, je vous raconte la fin, ils finissent par devenir amis. Ça a l'air d'une comédie, mais c'est surtout l'histoire de deux solitudes, je crois. J'ai fait moi-même les dessins de l'intérieur et ceux de la couverture, et j'ai écrit le résumé au dos de la maquette. J'espère qu'il vous plaira.

Surtout, si vous avez des conseils pour devenir écrivain, cela m'intéresse vraiment. Parce que je ne veux faire que ça. Pas de plan B. Est-ce bien vrai que les filles peuvent devenir écrivains ? Je n'ai pas trouvé le métier d'« écrivaine » dans mon dictionnaire…

J'espère sincèrement que vous me répondrez, mais je ne suis pas sûre que vous ayez le temps avec toutes les lettres de vrais lecteurs et de vrais écrivains que vous devez recevoir.

Je n'insiste pas plus longtemps. Comme dit ma grand-mère, les lettres les plus courtes sont toujours les meilleures.

Je vous embrasse très fort et attends impatiemment de vos nouvelles.

Louise, 10 ans

VINGT ANS PLUS TARD

I

« C'est dans ma nature de ne jamais être sûre de rien – ni de ce que je dis, ni de ce que les gens disent. »

Virginia WOOLF

1

Chère Madeleine,
J'ai voulu à plusieurs reprises vous écrire, mais je n'osais guère vous importuner. Enfant, je vous avais envoyé une lettre et vous m'aviez gentiment répondu, me prodiguant de merveilleux conseils. J'ai honte de devoir vous avouer que je les ai si peu suivis. Ou mal. Et aujourd'hui, avec le recul, j'ai même à peu près l'impression d'avoir fait tout ce que vous m'aviez déconseillé.

J'ai essayé, mais ai tant échoué. Vous aviez raison sur toute la ligne.

Avec ma vie de famille, ma vie de couple, mon travail à côté, l'écriture est loin d'être au centre de ma vie. Je n'ai le temps ni de lire, ni d'écrire, je ne tiens pas non plus de journal, et j'ai envoyé mon premier roman à une maison d'édition bien trop tôt. Pourtant je vous entends encore : « Patientez. On a trop de choses à dire à 20 ans. Continuez à écrire. Le travail et la persévérance paient toujours. Et surtout lisez des auteurs. » J'ai confondu, non pas vitesse et précipitation, mais précocité et talent.

Mon premier roman, je l'ai écrit en cité universitaire. Cela faisait des années que j'attendais cela :

avoir du temps à moi, pour faire ce qui m'était le plus important. Quand un arc est tendu depuis des années, la flèche part vite, et l'envie de se confronter au monde est immense. Alors la lettre de refus qui a suivi m'a refroidie et laissée pleine de doutes. Mais je me suis dit que j'allais continuer. Sauf que... je suis là, dix ans plus tard, et rien.

Toutes les nuits, je rêve de ma tombe. Il y a mon nom dessus, mon vrai nom de jeune fille, mon seul nom d'ailleurs, et dessous est écrit : « écrivain ». Je me suis demandé d'où cela sortait, puis j'ai pensé à vous, à nos échanges. Alors je vous écris.

En matière d'ambition professionnelle, j'en suis au plan D, mais j'ai un bon travail, un joli appartement et je viens de donner naissance à mon premier enfant. Donc je ne peux pas me plaindre, j'ai tout pour être heureuse.

Je dois tellement vous décevoir, moi qui vous annonçais à 10 ans, et avec assurance, que je dédicacerais un jour à vos côtés. Vous devez bien rire. Ou vous dire que je vous ai fait perdre votre temps. Ou que je suis une parmi tant d'autres, qui avaient des rêves, puis que la vie a rattrapées. Qu'il ne faut pas rêver, d'ailleurs. Que, dans la vraie vie, on a un travail pour payer son loyer, son essence, son électricité, pour rembourser son crédit... Pour qui on se prend si un instant on pense pouvoir y échapper ?

Je vous embrasse.

Louise

Chère Louise,

Je suis profondément touchée que vous vous tourniez vers moi en ces moments de doute. En matière d'écriture, vous pourrez toujours compter sur moi comme sur une amie.

Tout d'abord, je tenais à vous féliciter pour votre bébé. On ne peut pas bien faire deux choses à la fois. Mettre au monde un enfant et mettre au jour un roman. Ce n'est pas pour rien que je n'ai pas pu écrire pendant neuf années de mon existence et pas pour rien non plus que, quand j'ai reçu ma première lettre de refus à 22 ans, je l'ai en réalité vécu comme un soulagement. Parce que je me suis enfin mise à vivre. À rattraper le temps perdu. De manière totalement désordonnée, d'ailleurs. À ne pas refuser ce que jusque-là je refusais. L'amour. Les garçons. La vie. Je vois que vous en êtes là vous aussi. Certains disent que ce sont les plus belles années et qu'elles passent trop vite. Alors, ne pressez pas les choses. Profitez ! Le roman peut attendre. Et puis, tout arrive pour une bonne raison, Louise. Il faut laisser le temps au temps et persévérer. Quand on échoue, on apprend toujours. Et comme disait Beckett : rater, rater encore, rater mieux.

Maintenant, vous me dites que vous avez tout pour être heureuse, mais, si je peux être franche avec vous, je pense que vous ne l'êtes pas. Vous êtes une écrivaine et il n'y a rien de pire qu'une écrivaine qui n'écrit pas. Rien de pire qu'un artiste qui ne crée pas. Vivez et écrivez, mais pour l'instant ne vous souciez pas encore de la publication. Restez dans le plaisir pur de l'écriture, dans la joie de ces moments de solitude rien qu'à vous.

Ne laissez jamais une lettre de refus ou un commentaire juger de votre valeur. Vous savez comment vous faites les choses et pourquoi vous les faites. Personne ne peut le savoir mieux que vous. Ne laissez jamais l'avis des autres vous blesser, vous faire reculer ou, pire, abandonner. Souvenez-vous : les écrivains se fichent royalement du qu'en-dira-t-on ! Ils ont un ego surdimensionné, sinon ils n'oseraient pas soumettre leur texte au monde entier ! Et croyez-moi, je suis bien placée pour le savoir.

Par contre, c'est vrai aussi, un écrivain est un créateur, et toute création s'accompagnera toujours de doutes, qu'on en soit au premier manuscrit ou au vingtième. Accueillez le doute, toujours, et toute votre vie. Ainsi, vous ne savez pas de quoi vous êtes capable et, à force de travail et d'acharnement, vous dépasserez vos propres limites.

Sachez enfin, chère Louise, que j'ai un respect infini pour tous ceux qui sont allés au bout de leur premier jet, même mauvais, parce que chaque matin ils se sont dit « c'est nul, c'est nul, c'est nul », mais ils y sont retournés quand même. Sans abandonner, sans repartir sur un nouveau projet forcément plus facile que d'affronter ses modestes moyens et ses tristes insuffisances. Nous sommes tous passés par là. Il n'y a pas de recette magique. Si ce n'est l'abnégation et la persévérance. Parce qu'écrire, c'est d'abord réécrire.

Affectueusement,
Madeleine

2

Chère Madeleine,
Je ne vous vole pas votre temps. J'espère que vos projets d'écriture avancent comme vous le souhaitez, je guette avec impatience une future parution de votre part. Je voulais simplement vous dire que l'écriture s'est à nouveau imposée à moi. Enfin ! Et c'est grâce à vous ! Je me décevais de vous décevoir.

Il faut que je vous raconte l'élément déclencheur. Je suis allée m'inscrire à la bibliothèque près de mon nouveau chez-moi, et lorsque la bibliothécaire m'a demandé ma profession, je n'ai pas su quoi répondre – mère en congé maternité, femme au foyer, ex-cadre –, alors je l'ai regardée droit dans les yeux et je me suis entendue dire « écrivaine ». Et elle l'a noté, comme si c'était crédible. Je me suis sentie rougir de la tête aux pieds et je me suis fait la réflexion que, maintenant que je l'avais dit à voix haute, je n'avais plus le choix.

Pour vous dire la vérité, afin de me lancer et surtout pour ne pas vous importuner davantage, je me suis inventé une fausse lettre d'encouragement de votre part, écrite avec vos mots, glanés dans vos conseils précédents et dans vos textes. « Soyez juste » ; « Quand on touche au vrai, c'est là que ça fait mal, là que réside la vérité. » Vos mots sont ma boussole et mon cap.

Voilà, je crois que c'est la meilleure nouvelle que je partage avec vous depuis des mois. Le moral est bon, l'envie est là et le désir aussi. J'ai retrouvé une sorte de feu intérieur, même si à l'heure où je vous écris les doutes commencent déjà à s'inviter.

Vous êtes la première et la seule à savoir que j'écris. Je n'ai pas osé le dire à mon entourage. Peut-être voulais-je garder cela pour moi ? Éviter que ma famille ou mes amis aient un avis, un commentaire, une moue, qui ralentirait ou briserait mon élan. J'ai assez à faire avec mes propres démons, ces voix dans ma tête qui lisent par-dessus mon épaule et susurrent : « C'est nul ! »

Mais je continue. De toute façon, je le fais pour moi, pour que ce temps que je m'accorde comme un cadeau n'ait pas été vain. Pour que je puisse dire : « Ça y est, j'ai réalisé mon rêve de petite fille. Et je peux être fière de moi. »

Je vous embrasse chaleureusement.
Louise

Chère Louise,
Quelle merveilleuse nouvelle !
Je vous rassure tout de suite : nous avons tous une petite voix dans notre tête, un juge ou un démon qui critique, commente, freine ou empêche. Cela peut être une voix étrangère ou celle d'un proche – une mère, une grand-mère, un père, un mari, un professeur…

D'ailleurs, vous lisant, un souvenir me revient. Pendant plusieurs années, après le refus de mon premier roman à 22 ans, je n'ai plus écrit du tout. Je n'avais d'abord pas le temps, entre les enfants, la maison, mon travail, mon mari, mais, à partir d'un moment, ce temps, je l'ai pris en disant que je faisais une « thèse ». La thèse, c'était quelque chose qui paraissait acceptable, alors que l'écriture, c'était du temps de perdu, parce que, très certainement, je n'allais pas être éditée. Je n'aurais pas pu supporter les commentaires de mon mari et de ma mère « Tu ferais mieux de t'occuper de ton mari et de tes enfants » ; « Les corvées d'abord, les plaisirs après », qui n'auraient pas manqué et qui m'auraient remise à ma place – la seule valable à leurs yeux, celle d'épouse et de mère. Après, c'était une autre époque…

Je ne fais pas plus long, chère Louise, mais suis de tout cœur avec vous.

Je vous embrasse et vous envoie toute ma détermination.

Madeleine

3

Chère Madeleine,
Je n'aurais rien dû vous dire. Je ne sais pas si je vais être capable d'aller au bout. Touchant au but, je me vois faire demi-tour. Baisser les bras est définitivement ma spécialité.

Jeune, j'étais orgueilleuse, irrévérencieuse et naïve, je bouillonnais de « moi aussi, moi aussi », je frémissais d'envie, je tressautais à l'idée de partager ce que j'étais capable d'accomplir. Mais aujourd'hui ! Pour qui me prends-je ? À quoi bon ? Si j'avais le moindre talent, ça se saurait... Je ne vais quand même pas risquer la vie de bohème. Ma famille espérait mieux pour moi. J'aurais aimé qu'eux, au moins, soient fiers de moi.

Je vous embrasse et m'excuse de vous avoir fait perdre votre temps.
Louise

Chère Louise,
Pensez à Rilke, cet écrivain que vous devez connaître, le premier de ses conseils à Kappus, le jeune poète, consiste en ceci : il rappelle que la véritable question à se poser n'est pas « Avez-vous du

talent ? », mais « Pouvez-vous vivre sans écrire ? ». Il me semble que vous essayez de ne plus écrire, que vous avez mis de côté votre rêve, et que vous « survivez ». Je crois que nous avons là un début de réponse. La question n'est donc pas « À quoi bon ? », mais « Est-ce vraiment pour vous une nécessité ? Devriez-vous mourir de ne pas écrire ? ».

Alors, bien sûr que si, vous allez y arriver ! Vous le devez à vos personnages. Vous le devez à cette histoire qui est au fond de vous et qui justifie tous ces efforts et ces doutes. Vous vous le devez et vous le devez à la Louise de 10 ans que j'ai connue et que j'attends toujours en dédicace à mes côtés.

Alors continuez à écrire, tous les jours, essayez, tentez, recommencez, échouez, apprenez, mais n'abandonnez jamais. Autorisez-vous à écrire un très mauvais premier jet, mais terminez-le, relisez-le et corrigez-le. On se reparle après.

Si cela bloque, allez marcher. Trouvez un apaisement. L'art, la beauté et la nature nous sauveront toujours.

Je vous embrasse fort.

Madeleine

4

Chère Madeleine,

Je crois avoir terminé. Je suis allée le plus loin possible toute seule et je n'ai qu'une envie, que le manuscrit sorte du bureau, parce que ce n'est plus supportable de travailler et retravailler sans cesse. Je ne vois plus rien. Et je n'en peux plus.

Tant pis s'il n'est pas parfait. De toute façon, il faut savoir s'arrêter. Sinon, c'est *Le Chef-d'œuvre inconnu* de Balzac.

Louise

Chère Louise,

Je suis à peu près sûre que vous en avez assez, oui, mais je ne crois pas du tout que le roman soit fini, ni que vous soyez allée au bout du texte que vous deviez écrire.

Quand un roman est achevé, on le sait : on est heureuse, soulagée, et ce n'est pas ce que je lis entre vos lignes. Je vois de la lassitude, du découragement, une forme d'abandon, alors que je devrais y lire la joie de l'accomplissement, la surprise du dépassement de soi et la satisfaction. Une forme de plénitude même.

S'il y a un nœud, si quelque chose résiste encore, peut-être serait-il intéressant de revenir à pourquoi vous écrivez ? Pourquoi cette histoire-là ? Quelles étaient vos intentions premières ? Qu'est-ce qui a fait que cette idée vous a inspirée, qu'elle s'est accrochée à vos tripes et ne vous a plus quittée depuis ?

Vous avez du talent, Louise : une plume magnifique, une détermination à toute épreuve et tellement d'énergie encore. Vous n'allez pas vous contenter de quelque chose de moyen ! Vous avez déjà fait le plus dur. Ne vous arrêtez pas à quelques mètres de la ligne d'arrivée. Retournez au travail et reparlons-nous dans quarante jours.

Souvenez-vous : quand vous hésitez, allez vers votre peur ; c'est là que vous toucherez au vrai, à l'intime.

Madeleine

Chère Madeleine,

J'ai longuement réfléchi et je crois que vous avez raison : il me reste un passage à reprendre. Intuitivement, je sais même très bien lequel.

Si je suis honnête avec moi-même, je sais que j'ai contourné certains sujets difficiles et j'ai essayé de me convaincre que l'histoire n'en avait pas besoin. Mais je me mentais à moi-même. Je dois les écrire. Quel est le danger ?

Petite, je n'avais peur de rien ! À quel âge m'est-ce tombé dessus ? À quel moment ai-je commencé à m'autocensurer ? À douter ?

Je vous embrasse très fort, Madeleine, et ne vous importune pas plus longtemps.
Louise, énième galérienne d'écriture

Chère Louise,
Vous avez vu juste. On ne naît pas « femme qui doute », on le devient.

5

Chère Madeleine,

Mon roman est fini… Je n'en reviens pas. Ça y est : j'ai mis le point final !

C'est une drôle de sensation. Un état second. Quelques secondes de bonheur absolu mêlé à une fatigue tout aussi immense et irréelle.

Mon rêve de petite fille est réalisé. C'est incroyable !

Je l'ai sauvegardé sur clé, mais pas encore imprimé. J'y vais de ce pas, mais je voulais d'abord vous écrire pour pouvoir poster ma lettre. Je n'en reviens toujours pas. Je l'ai fait, et ce n'est plus ma petite histoire de poulailler…

Je vous embrasse très fort.
Louise

Chère Louise,

Je suis fière de vous, mais rappelez-vous, l'avis extérieur ne compte pas. Plus encore, *vous* devez être fière de vous. Champagne !

Maintenant qu'il existe, qu'allez-vous faire de ce manuscrit ?
Madeleine

Chère Madeleine,

Je ne sais pas encore. Sûrement rien. Peut-être restera-t-il pour le moment dans un tiroir ? Mon congé maternité s'achève et je vais reprendre mon travail le mois prochain. Je vais de nouveau être bien occupée.

En tout cas, il est là, je l'ai écrit, et c'est grâce à vous. Grâce à vos lettres, à vos conseils, à vos livres. Parce que lire l'un de vos romans, c'est ne plus jamais se sentir seule. Lire vos journaux intimes, c'est trouver une grande sœur, révoltée et libre, qui a tout vécu avant moi et qui toujours me guidera.

Je vous embrasse fort et vous remercie de tout mon cœur.

Louise

Chère Louise,

Je ne crois pas à cette histoire d'écrivain qui écrit sans aucun désir d'être lu : on ne s'inflige pas tant de tortures, de doutes ou de découragements pour ne rien obtenir en retour. Je ne crois pas que ce soit un manque d'ambition de votre part ni même de la timidité. Je crois simplement que vous avez peur. Que vous ne voulez plus être confrontée à l'échec.

Tout le monde aime parler des jeunes génies touchés par la grâce et qui ont connu un succès immédiat. Mais, moi, je vous parlerai surtout de ceux qui l'ont connu tardivement. Annie Ernaux, Prix Nobel à 82 ans ; Bernardine Evaristo, Booker Prize à 60 ans ;

Goliarda Sapienza, *L'Art de la joie* publié dans l'indifférence générale mais mondialement plébiscité après sa mort. Et que dire d'Emily Dickinson, de Sylvia Plath, de Jane Austen, de Franz Kafka, d'Herman Melville, d'Edgar Allan Poe, et tant d'autres qui sont morts avant toute reconnaissance, parfois même avant d'avoir vu le moindre de leurs livres publié. Même Marcel Proust a vu son premier manuscrit refusé !

Je suis pour la patience (plutôt que la précipitation), pour la persévérance (plutôt que l'abandon), mais une fois que le roman est fini, une fois traversé tout ce que vous avez traversé, je ne comprends pas. Attendre, mais quoi ?

Je dis souvent aux plus jeunes : faites très attention, vous croyez que vous avez le temps, mais la vie ne nous est pas donnée, elle nous est prêtée, et ça va vite, très vite même, et on ne sait pas à quel moment cela peut s'arrêter, ni comment.

Personne n'a le temps. Ni vous ni moi. Nous sommes tous en sursis.

Maintenant, c'est votre existence et vous ferez ce que vous voudrez. Mais si j'avais écrit à Virginia Woolf ou à Simone de Beauvoir de leur vivant et qu'elles m'avaient donné leurs conseils, je crois que je les aurais suivis. Et si j'avais émis le moindre doute quant à leur parole ou leur expérience, j'aurais aimé qu'elles me secouent comme un cocotier et me remettent sur le droit chemin. C'est ce que je me permets de faire avec vous, en vous disant, chère Louise, quand je pense que vous déraillez.

On n'a qu'une vie, Louise. Alors, ne laissez jamais personne vivre *votre* rêve à votre place !

Qu'est-ce qui peut vous arriver au pire ? Que ça marche ? Et je suis sérieuse ! Parce que l'écriture dans une vie, ça change tout, pour soi comme pour l'entourage, et pas seulement en bien.

Vous n'êtes plus seule dans cette aventure. Pensez aux écrivaines avant vous, à celles qui ont été empêchées de publier alors que vous, vous le pouvez. Pensez à l'enfant que vous étiez et dont vous tenez le rêve entre les mains.

Madeleine

Chère Madeleine,
J'ai peur de ne pas avoir votre courage…

Vous êtes un modèle pour moi. Vous avez des enfants, êtes mère, grand-mère aussi. Vous avez réussi à tout concilier sans jamais avoir eu peur de dire ce que vous pensiez ou de faire ce que vous vouliez. Vous doutez si peu…

Que j'aimerais avoir votre force et votre liberté !
Louise

Chère Louise,
Mais de quel courage parlez-vous ? Vous ne savez rien de moi ! Nous connaissons peut-être les mêmes élans concernant l'écriture, mais nous n'avons jamais eu la même vie. Du tout ! Vous êtes née avec la pilule, l'avortement, le droit de vote, le compte en banque, le pantalon ! – tous ces droits que je n'avais pas à ma naissance. Toutes ces possibilités que je n'ai pas eues, et que j'ai dû m'arroger quand même. J'ai fait des

choix durs dans mon existence, et, si c'était à refaire, je les referais.

Alors que croyez-vous savoir de ma vie ? De mes peurs, de mes doutes, de mon soi-disant courage ? Rien. Vous ne savez rien !

Madeleine

II

« Je suis parmi les miens avec un couteau pour les agresser, je suis parmi les miens avec un couteau pour les protéger. »

Franz KAFKA

1

Chère Madeleine,
Je vous prie de bien vouloir m'excuser. Je tire des conclusions hâtives mais je ne sais rien de vous. Je vous vois comme une silhouette dans la rue, sans sac à main, les mains dans les poches d'un pantalon large, un chapeau de feutre sur la tête, les cheveux longs au vent, et qui trace sa route en femme libre qu'elle est. Mais c'est une image et je ne vous connais pas, même à travers vos lettres. Pourquoi ne parlez-vous jamais de vous ? Vous savez tout de moi, et moi je ne sais rien. Je ne sais rien de ce qui se trame dans votre tête, ni dans votre cœur. Oui, j'ai lu vos écrits, j'ai suivi vos combats et vos prises de parole publiques, mais, de votre vie privée, je ne sais rien ou si peu.

Si ce n'est pas trop indiscret, puis-je vous demander depuis combien de temps vous vivez à l'adresse où je vous écris ?

Votre amie,
Louise

Chère Louise,
Je vous remercie pour votre lettre et vous présente à mon tour mes excuses pour mon emportement

de la dernière fois. Vous avez vos propres décisions et je dois les respecter. Nous sommes différentes et, ce que je cherche à protéger, vous ne pouvez pas le deviner. Il faut croire que laisser entrer quelqu'un dans mon intimité m'effraie encore.

J'ai posé mes valises sur cette île bretonne il y a vingt-cinq ans maintenant. C'était en hiver. Ce n'est pas une maison dont j'aurais hérité ou que j'aurais achetée comme au Monopoly, pas une lubie d'artiste non plus. Je l'ai louée une semaine, puis un mois, puis deux, puis un an. Et à la mort du propriétaire, j'ai pu l'acquérir.

Quand je l'ai trouvée, tout était à faire. Pas de chauffage, pas d'eau courante. Ce serait cela mon projet. Me débrouiller seule. Tous les petits travaux, comme le carrelage de la cuisine ou les peintures, je les ai faits moi-même. Et aujourd'hui, elle me ressemble. Sauvage à l'extérieur. Brute à l'intérieur. Et avec une histoire. De vieux meubles de récupération qui ont appartenu à des familles alentour. Des livres partout. Du bois. De la céramique. Des bols et tasses pour le thé et la soupe. J'ai tout en un exemplaire.

Et puis, il y a mon jardin. Mes roses, mes agapanthes, mon jasmin. Autant d'espérance et de beauté. J'essaie d'en profiter, d'en prendre soin, hiver comme été.

Je suis bien ici. J'ai trouvé mon lieu à moi. Ici, même quand il pleut, j'ai le cœur léger. J'aime l'idée que le ciel soit parfois en colère. Il s'accorde avec mon humeur.

Huit milliards d'êtres humains sur terre, et le luxe du silence. Le luxe d'être seule.

Mais je n'y vis pas seule. J'ai ma chienne et tous les animaux, qui sont ici plus chez eux que moi. Ma préférence va aux oiseaux, notamment à mon petit rouge-gorge. Nous en avons fait du chemin ensemble. Autrefois craintif, il vient désormais me saluer et s'approche pour picorer quelques miettes. Je ne veux pas lui tendre la main, ce serait tricher. J'aime notre distance respectueuse. Je lui parle, il me répond, parfois j'imite son chant. C'est lui qui me réveille le matin. Ce n'est peut-être pas le plus beau des rouges-gorges, un peu maigre et avec sa plume blanche tout ébouriffée, mais nous sommes fidèles. Peut-être pas l'un à l'autre, mais à notre territoire, à nos habitudes. Nous nous tenons compagnie. Quand il pleut, je le guette longtemps ; il ne doit pas être loin, à se protéger des gouttes sous un arbre. Il vient chaque jour. J'aurais pu lui donner un petit nom, mais c'est « salut, toi ! » qui s'impose chaque fois. Et la joie.

Cette terre, sur cette île, est mon lieu de renaissance, ma patrie. Je me sens chez moi. À ma place. Là où je peux être juste moi, sans rien faire, sans prouver ou démontrer. Juste vivre. Je ne pensais pas qu'un tel pays existait, ni même qu'un être bienveillant veillait au fond de moi pour me laisser en paix.

Ici, le reste du monde n'existe pas, il reste à ma porte. C'est mon cocon protecteur. Mon île. Ma Bretagne.

Peut-être qu'un jour vous viendrez. Ma porte est toujours ouverte. Aux vents, aux oiseaux et aux amies de lettres surtout.

Je vous embrasse.
Madeleine

2

Chère Madeleine,

Je vous remercie infiniment pour votre lettre, l'invitation et pour avoir partagé un bout de votre quotidien avec moi.

Que j'aimerais moi aussi retrouver la nature ! La ville ne me convient pas du tout. Je dors mal, je respire mal, je mange mal. Enfant, j'ai grandi près d'une forêt et je crois que je n'ai jamais été plus heureuse. J'aimais cette vie auprès des arbres. Peut-être qu'un jour j'y retournerai…

En attendant, je suis toujours en congé maternité et je tourne en rond. Moi qui regarde très peu la télévision, encore moins les chaînes étrangères, je suis tombée sur une émission où de jeunes écrivains en herbe arrivaient devant un jury d'éditeurs et pitchaient leur premier roman. Et moi, je perdais mon temps à les regarder vivre *mon* rêve. Soudain, une de vos phrases a surgi ! « Ne laissez personne vivre votre rêve à votre place. » Alors je me suis décidée : je vais le publier ! Même si j'ai toujours aussi peur de mettre mon destin entre les mains d'un Jules César qui, d'un pouce en l'air ou en bas, décidera si j'ai le moindre talent. Il y a forcément une solution moins subjective, moins radicale et moins effrayante.

Je crois que ce qu'il me faudrait, ce serait des lecteurs neutres, qui ne me connaissent pas, et qui diraient franchement si c'est bien ou pas. Mais comment faire ?

Pour le moment, mon entourage ne sait toujours rien. D'ailleurs, mon mari a-t-il déjà su que j'avais des velléités d'écrire ? Pas sûr ! L'autre jour, alors qu'il me voyait à mon bureau, il m'a demandé ce que je faisais ou ce que j'avais fait de ma journée, je ne sais plus, et j'ai bredouillé une bêtise. Pourquoi me suis-je sentie obligée de lui cacher la vérité ? Je ne fais rien de mal pourtant.

Et vous, Madeleine, quand l'avez-vous finalement dit à vos proches ? Leur avez-vous fait lire avant publication ?

Je vous embrasse très fort et ne vous importune pas plus longtemps.

Louise

Chère Louise,

C'est incroyable, ces mensonges que l'on se sent obligé d'inventer, ces excuses que l'on doit trouver ! Comme si ce temps, le nôtre, on devait le justifier, le laisser à disposition des autres, pour épargner l'entourage. Mais de quoi ? Et qui nous fera passer en priorité si nous-mêmes ne le faisons pas ?

Pour ma part, je ne l'ai jamais dit à mes proches. Ils l'ont découvert à la publication. Ma mère a eu la meilleure des réactions : elle a lu et n'a rien dit. Celle de mon mari a été plus sèche : « Je ne savais pas que j'avais épousé Victor Hugo ? » Ce sarcasme, je l'ai pris comme une claque. J'espérais une réaction plus positive, un soutien, une fierté ou des compliments sur le texte, qu'il n'a d'ailleurs pas lu en entier. Il me faisait des reproches comme s'il y avait eu tromperie sur la marchandise... Et celle de sa famille a été tout aussi décevante : ils m'ont carrément dit que j'aurais pu leur demander l'autorisation avant d'utiliser mon nom de femme mariée. Comme si j'allais jeter le déshonneur sur leur famille.

D'après ma propre expérience, je serais partisane de rester entre professionnels et vous découragerais fortement d'y mêler vos proches. Sont-ils de grands lecteurs comme vous ? Avez-vous les mêmes goûts littéraires ? De toute façon, quand on confie un manuscrit à sa famille, il n'y a que deux réponses entendables : « J'ai adoré » et « C'est ton meilleur », donc vous verrez si vous voulez réellement leur faire lire.

Madeleine

3

Chère Madeleine,
J'ai trouvé une solution. Je ne sais pas si j'ai fait le bon choix, on verra bien : j'ai mis mon texte en ligne sur une plateforme d'autoédition. J'ai déjà un lecteur qui a acheté mon roman la semaine dernière – une Sylvie, j'ai vérifié, ce n'est pas une amie de ma mère –, et encore trois nouveaux lecteurs ce lundi. Pour l'instant, ils ont l'air d'aimer. La moyenne des avis est de cinq étoiles sur cinq. Pourvu que ça dure… La suite au prochain épisode.
Je vous embrasse.
Louise

Chère Louise, chère consœur,
Il n'y a pas de badge, pas d'école, pas de diplôme pour être sacré auteur. Nous sommes écrivains dès lors que nous avons un lecteur qui a payé pour lire notre texte. Alors félicitations, chère amie : vous *êtes* autrice !
Les premiers avis sont toujours les plus importants. Ils donnent le ton. Bravo pour ces indicateurs qui semblent au vert.
Je vous embrasse.
Madeleine

4

Chère Madeleine,
Je recopie à la va-vite un message qui m'est arrivé hier.
« Bonjour Louise,
Je me permets de vous appeler par votre prénom car, à travers votre texte (ton texte ?), j'ai l'impression de vous connaître. La maison d'édition que je représente serait ravie de vous publier. Vous garderiez bien évidemment vos droits numériques et il y aurait une avance sur tous droits. Est-ce que 3 000 euros d'à-valoir vous conviendraient ? À très bientôt, j'espère. Paul. »
Qu'en pensez-vous ?
Il s'agit d'un éditeur qui a repéré mon texte en ligne. Je ne réalise pas ce qui m'arrive. Je ne pensais pas que cela serait aussi rapide ! D'abord les lecteurs plutôt enthousiastes, et maintenant cet éditeur qui semble intéressé. Ce n'est pas une maison d'édition à laquelle j'aurais pensé, d'ailleurs je ne connais pas très bien les livres qu'elle édite, mais c'est très flatteur. Je n'ose m'emballer. Mais c'est fou que ce soient carrément les éditeurs qui viennent à moi !
Et en même temps, je sens que quelque chose résiste et vous m'avez appris que, lorsque l'on doute,

c'est qu'il y a encore un truc qui cloche. Donc peut-être qu'ici aussi ce n'est pas exactement cela…

Quelle vanité ! Mais pour qui me prends-je ? Je devrais signer tout de suite. Vais-je refuser alors qu'à ma place tout le monde dirait oui ? Qu'est-ce que j'espérais ? D'autres éditeurs ? Je serais une personne bien exigeante et capricieuse.

Je ne sais que faire et n'ose vous demander conseil, car je sens que c'est à moi de prendre mes responsabilités. Mais j'avoue que pour ma « naissance » littéraire j'aurais aimé que l'on me parle de mon texte, de ses qualités, de son unicité, et pas d'argent. J'en demande trop peut-être. J'ai tellement lu sur ce moment-là, je l'ai sûrement fantasmé.

J'ai si peur de me tromper, de me précipiter, que je n'en ai pas dormi de la nuit. Insomnie, encore et toujours, alors je vous écris.

Je vous embrasse fort et pense à vous, qui êtes passée par là il y a quelques années.

Louise

Chère Louise,
Vous le saurez quand ce sera le bon éditeur. Vous le ressentirez d'abord dans votre ventre, puis dans votre tête. Et quand vous aurez pris la bonne décision, étonnamment vous dormirez à nouveau comme un bébé. (Enfin, je ne sais pas comment dort votre enfant, mais les miens n'ont jamais dormi comme des bébés…)

Un bon texte aujourd'hui sera toujours un bon texte demain. Dormez ! D'ailleurs, cela devrait être à l'éditeur d'enchaîner les insomnies. Pas à vous. Dire que vous ne vouliez même pas envoyer votre manuscrit de peur qu'il n'ait aucune valeur !

Vu que les éditeurs semblent se manifester spontanément et avec un grand intérêt autour de votre texte, je vous invite à l'envoyer à davantage de maisons d'édition, sans aucune autocensure. Dans vos rêves les plus fous, quel nom imagineriez-vous en dessous du vôtre ? Tentez ! Vous n'avez rien à perdre. Allez faire un tour en librairie et voyez quels livres, quels auteurs vous appellent comme des frères et sœurs, voyez à côté de qui vous aimeriez être en dédicace. Où vous sentez-vous le plus à votre place ? Intimement. Cherchez l'éditeur qui propose des romans que vous aimez et qui vous ressemblent, des livres que vous trouvez beaux et dont les textes pourraient s'apparenter au vôtre.

Je vous embrasse et ne vous rappellerai qu'une chose : ne confondez pas vitesse et précipitation.

Madeleine

Chère Madeleine,

J'ai écouté vos sages conseils et suis allée flâner en librairie. De nouveau, mes pas et mes battements de cœur se sont tournés vers deux éditeurs – pas celui qui m'a déjà contactée malheureusement. Mais ces deux maisons d'édition et moi, on ne joue pas dans la même cour. Alors pour me donner du courage j'ai pris un verre de vin, j'ai rédigé une lettre pour chacune écrite avec sincérité, et j'ai filé à la poste avec deux jeux du manuscrit. Où je vais également glisser cette lettre-ci.

Voilà, ça y est ! Je rêve en grand, démesuré, bien au-dessus de mes modestes moyens, mais je n'aurai plus rien à regretter, aucun remords de ne l'avoir jamais tenté. J'espère ne pas avoir oublié de mettre mon adresse e-mail et mon numéro de téléphone. Non, c'est bon, j'ai rouvert le pli et vérifié. (Je vous raconte vraiment toute ma vie…)

L'attente va être interminable. Je sens que je vais refaire ces lettres dans ma tête, que je vais me reprocher chaque virgule, que je vais m'inventer des fautes d'orthographe. Mais pourquoi ne suis-je pas capable d'être sereine ?

Je tremble en glissant mes grosses enveloppes vers Paris et gribouille ces derniers mots pour vous, toujours à mes côtés lors des moments les plus importants de ma vie.

Je vous embrasse et espère avoir, très vite, de joyeuses nouvelles à vous annoncer.

Louise

5

Chère Madeleine,

Mais que c'est long ! Je sais que certains éditeurs reçoivent plus de 30 manuscrits chaque jour, mais quand c'est l'un des siens qui attend, c'est une torture. Qu'est-ce qui m'est passé par la tête ? Pour qui me suis-je prise ? Pour vous ? En plus, je le sais, il va être balayé d'un revers de main. Lu en diagonale. Mais pourquoi l'ai-je envoyé ?

En plus, j'ai retenté avec l'éditeur qui avait refusé mon premier essai, le roman « zéro ». Peut-être gardent-ils une trace ? Peut-être vont-ils automatiquement me répondre non ? On verra. L'autre maison d'édition est tout aussi prestigieuse, souvent dans les listes de prix des rentrées littéraires, mais, si je l'ai contactée, c'est parce que j'aime leur éditrice. Elle a publié des textes magnifiques, touchants, justes, et j'adorerais qu'elle m'aide à accoucher de mes romans. Je pense qu'elle pourrait me tirer vers le haut. Mais bon, ne nous emballons pas.

Par ailleurs, cela avance avec l'éditeur qui m'a contactée spontanément. Le texte a passé le comité de lecture et ils en sont à parler « contrat ». J'aurais aimé rencontrer les directeurs de collection littéraire, ceux qui pourraient m'accompagner sur le texte, mais pour le moment cela ne semble pas possible. Au téléphone, ils ont tous l'air compétents, le ressenti n'est ni bon ni mauvais, mais je ne me projette pas vraiment. J'attends encore trois semaines, et après je signe.

En attendant, le texte est toujours disponible en autoédition et les lecteurs continuent de le plébisciter. Si ça ne calme pas mon impatience, cela me met du baume au cœur.

Louise

Chère Louise,

Concernant le retour des éditeurs, ne soyez pas trop pressée, cela peut prendre des mois. Je sais que c'est dur, mais soyez patiente. Et d'ores et déjà, avoir le retour de lecteurs neutres aussi enthousiastes sur votre texte, c'est une très grande joie.

Finalement, votre manuscrit, l'avez-vous donné à lire à votre entourage ? Comment ont-ils réagi ?

Madeleine

Chère Madeleine,

Mon mari a été très surpris : effectivement, je ne lui avais jamais dit que j'avais des envies d'écrire. Ma meilleure amie savait que c'était un vieux rêve, mais elle l'avait oublié tout autant que moi.

Tous les deux l'ont lu et leur réaction a été la même : « C'est super ! » Je ne saurai jamais s'ils le pensent réellement. Les proches n'ont pas d'autre choix que de dire « c'est génial ». Ils tiennent à moi et savent que je viens de leur mettre mon rêve entre

6

Chère Madeleine,

Existe-t-il femme plus heureuse que moi à cet instant ? Moi qui rechigne souvent à utiliser le mot « bonheur », là, plus de doute ! Si vous pouviez me voir danser comme une folle en serrant contre mon cœur mon contrat d'édition, si vous pouviez m'entendre chanter partout dans la maison. Quel jour ! Quel jour merveilleux ! Celui de ma véritable naissance. Cette lettre dont je rêve depuis que je sais lire, depuis que je sais former des mots sur mes cahiers, cette lettre qui me valide, m'enfante, me fait enfin exister et me libère.

J'ai l'impression de sauter dans le grand bain, dans l'inconnu, et que tout cela n'est pas vraiment réel. Mais je pressens qu'il va y avoir un avant et un après. Mon livre va-t-il vraiment être imprimé avec mon vrai nom dessus ? Va-t-il se retrouver dans les rayons des librairies ? À côté de tous les plus grands ? Et à côté des vôtres ? Je n'ose y croire.

Pour vous, chère Madeleine, qu'est-ce que l'écriture a changé dans votre vie ?

Votre Louise, éternellement reconnaissante, avec tout mon amour, ma gratitude et mon amitié sincère et dévouée.

Chère Louise,

Quelle merveilleuse nouvelle ! Que je suis heureuse pour vous !

Vous me demandiez ce que l'écriture a changé dans ma vie ?

Tout.

III

« Comment vivrait-on si on prenait la mouche pour un oui ou pour un non, si on ne laissait pas très raisonnablement passer de ces mots somme toute insignifiants et anodins, si on faisait pour si peu, pour moins que rien de pareilles histoires ? »

Nathalie SARRAUTE,
L'Usage de la parole

1

Chère Madeleine,

Je me demande souvent si nous ne sommes pas les dernières personnes sur terre à tenir une telle correspondance, à échanger nos états d'esprit, nos doutes, nos joies de manière épistolaire. À confier nos battements de cœur au hasard, à la bonne marche d'un facteur, d'un bateau qui arrive à bon port. À faire patienter ainsi nos questionnements deux jours de plus, quand pour d'autres deux minutes suffisent pour obtenir une réponse. L'attente du postier, l'ouverture de la boîte aux lettres, avec l'excitation d'une enfant, l'enveloppe que je décachette avec soin, comme si c'était mon bien le plus précieux... Je pense que, s'il y avait le feu dans ma maison, c'est bien toute notre correspondance que je sauverais, classée, empaquetée, rangée dans mes boîtes à chapeau.

Je crois que nous partageons bien plus que des mots : nous sommes deux résistantes. Nous refusons de nous laisser aller à la frénésie, à la recherche perpétuelle de rapidité et d'efficacité de notre époque.

D'ailleurs, cette lecture, je la remets parfois à plus tard pour faire durer le plaisir. J'attends d'être seule, de n'avoir plus aucune obligation, et quand je me suis fait suffisamment attendre, je mérite enfin de vous lire. Le courrier devient plus grave encore, et résonne plus profondément, plus intimement. Je mesure toujours le poids de la lettre à mon espérance, mon impatience, je soupèse, comme si chaque gramme de plus ou de moins disait déjà tout.

J'espère au plus profond de mon être que nous nous écrirons toujours. Vous ne vous rendez pas compte à quel point vous êtes importante pour moi, vous faites partie de ma vie, vous seule avez la capacité d'illuminer une journée triste, d'apaiser des « je ne sais pas ce que j'ai », de faire taire les méchants démons qui se relaient dans ma tête. Alors, pour tout cela, pour cet anachronisme partagé, dans lequel je me sens moins seule et mieux comprise, merci.

Cette fois, je vous envoie une grosse enveloppe. Elle contient mon premier roman. Tout chaud, tout juste imprimé. Soyez rassurée, je ne vous demanderai jamais de me lire. Vous ne le faites pas pour les autres et j'aimerais que notre relation reste, ce que j'aime à croire, « une amitié épistolaire ». Elle est trop précieuse pour que je la gâche.

Avec le livre qui vient de me parvenir par carton entier, je commence à réaliser ce qui m'arrive. Mais à quel moment tout cela est-il devenu concret pour vous ? Quand vous avez signé votre contrat ? Rencontré les premiers lecteurs ?

Par ailleurs, petite curiosité qui me travaille depuis longtemps : puis-je vous demander si vous entretenez une telle correspondance avec tous les aspirants écrivains ? Et que leur répondez-vous ?

Je vous embrasse terriblement et trop fort.
Louise

Chère Louise,

Je vous remercie pour votre magnifique lettre et l'envoi de votre livre. Les choses deviennent effectivement concrètes.

Pour ma part, j'ai moi aussi commencé à réaliser lorsque j'ai vu l'objet, mais cela est devenu complètement réel quand il y a eu le premier article dans le journal avec mon nom à côté duquel était accolé « écrivain ». Ce n'était donc pas seulement dans ma tête, c'était vrai ! En même temps, c'était un peu effrayant parce que je ne me sentais pas à la hauteur du titre d'écrivain et du don inné qui semble y être associé.

Pour répondre à votre seconde question, effectivement, d'habitude, je n'entretiens pas ce genre de correspondance prolongée. Si vous saviez le nombre de courriers que je reçois chaque jour de jeunes et moins jeunes qui veulent devenir écrivains. Pour la plupart, rien que dans leur lettre, je peux déceler que ce n'est pas pour de bonnes raisons.

Certains commencent par : « Moi aussi je veux écrire pour être riche, célèbre et changer de vie. » Mais cela ne marche pas comme ça. Vous l'avez vu. 99 % des écrivains ne sont ni riches ni célèbres. Et ce n'est pas en touchant 5 % du prix d'un livre de poche et 10 % d'un broché que l'on peut démissionner. C'est très rare de pouvoir arrêter de travailler pour se consacrer à l'écriture.

D'autres encore veulent être écrivains, pas pour écrire, mais pour avoir écrit. Pour le prestige qui existait autrefois autour du « Grand Auteur » et qu'on continue de lui associer par erreur. Ils imaginent toujours que j'ai une vie romanesque, à vivre mille choses que je vais pouvoir raconter dans mes livres. Alors qu'en vrai être écrivain, c'est l'inverse : être écrivain, c'est ne pas vivre, être écrivain, c'est se retirer du monde, être écrivain, c'est passer des journées entières à ne parler à personne. Beaucoup déchantent lorsqu'ils se rendent compte que, s'ils veulent être écrivains, il va falloir écrire.

Pour ceux qui s'accrochent, qui aiment viscéralement l'acte d'écrire et qui me demandent des conseils, je leur dis de surtout prendre leur manque de talent très au sérieux. Si le talent représente un huitième de l'art, les sept huitièmes ne sont que réécriture et retravail.

Toujours, je leur rappelle de lire, et souvent je leur prodigue deux autres recommandations. Tout d'abord, creuser leur singularité. Ne surtout pas regarder ce qui marche, ce qui se fait, ce qui est à la mode, ne pas s'inspirer d'autres auteurs, mais chercher leur voix. Ce qui est soi. Ensuite, je les invite à être impudiques, à aller dans le personnel, dans les détails, parce que, au fin fond de l'intime, il y a l'universel. Il ne faut pas avoir peur d'aller trop loin car c'est au contraire cela qui libérera l'écriture. Parce qu'on n'écrit pas pour soi, on ne se livre pas par goût de l'impudeur, mais on le fait pour le lecteur qui se reconnaîtra et à qui cela fera du bien de savoir qu'il n'est pas seul.

Mais le meilleur conseil que je puisse leur donner, c'est de ne pas croire à « l'inspiration » parce que comme vous le savez désormais, Louise, ce n'est pas comme cela que les livres s'écrivent. L'inspiration n'existe pas. Il faut forcer sa propre nature, la contrer, s'obliger à travailler, s'inventer des contraintes s'il le faut. On ne doit pas se demander si on a envie de travailler aujourd'hui, parce que fort probablement, comme dans tous les métiers, la réponse première serait non. L'écriture, c'est un artisanat et le seul moyen d'écrire, c'est de se lever chaque matin, de s'asseoir à son bureau, de passer des heures sur sa chaise, et d'écrire. Tous les jours de sa vie. C'est comme cela qu'on écrit. Pas autrement.

Madeleine

2

Chère Louise,
J'étais en train d'écouter la radio en préparant le déjeuner, quand vous avez fait irruption dans ma cuisine. Vous parliez de votre livre, et fort bien d'ailleurs. C'était passionnant et j'étais totalement d'accord avec vous sur tant de points : la nécessité derrière l'écriture, l'espérance derrière la lecture des plus jeunes... Mais cette intervieweuse, quelle pimbêche, avec ses questions faussement naïves mais résolument condescendantes ! Vous avez bien fait de la remettre à sa place.
Madeleine

Chère Madeleine,
Je vous remercie pour vos mots qui me font du bien. Effectivement, je n'ai pas relevé ses piques, je suis restée aimable et souriante, alors que je n'avais qu'une envie, lui sauter à la gorge. Mais je lui ai simplement fait remarquer que sa question ne me méprisait pas uniquement moi, mais les lecteurs, et donc ses auditeurs aussi. Après, étonnamment, elle n'a plus rien dit.

Je ressens souvent un grand malentendu entre la manière dont je suis perçue et ce que je suis, en réalité. Parce que je suis femme, on m'associe à d'autres autrices. Parce que je suis jeune, je devrais aimer la technologie, les réseaux sociaux, les bandes d'amis et la ville, mais ce que je recherche avant tout est le silence, la solitude et du temps. Du temps pour boire ma tasse de thé et regarder les oiseaux par la fenêtre, du temps pour lire, du temps pour écouter un entretien radiophonique, du temps pour réfléchir et écrire.

Je n'ai pas de réseaux sociaux. Quant à la violence de l'actualité, j'ai besoin de la mettre à distance. Je ne veux rien entendre, car je ne peux rien faire. Je suis démunie, et cela me blesse de ne pas pouvoir agir. Et quand je ne comprends plus, quand les choses me sidèrent, je me referme.

Alors la littérature et la poésie me soignent. La littérature, c'est l'endroit de la nuance, et on en manque cruellement ces temps-ci où tout est noir ou blanc. C'est aussi l'endroit de la possibilité de changement, de l'espoir.

Je suis devenue phobique de mon époque qui va trop vite, j'ai peur d'ouvrir ma boîte e-mail, mon ordinateur et mon téléphone portable sont devenus des ennemis parce qu'à travers eux on peut m'atteindre, m'empêcher, me voler mon temps et ma sérénité. Je veux laisser les autres à ma porte, mais a-t-on le droit aujourd'hui, à moins de 40 ans, de refuser la technologie ?

Je vous l'accorde, pour une première émission de radio, cela a été assez tendu. C'est déroutant de se voir reprocher d'écrire ce « genre » de littérature.

Je ne comprends même pas ce qu'elle sous-entend. Parle-t-elle d'une « écriture féminine » ? Et son « Mais vous ne voudriez pas écrire autre chose ? » Comment vous êtes-vous débrouillée, Madeleine ? J'ai l'impression que les journalistes ont peur de vous !

Louise

Chère Louise,

Les journalistes ont sans doute peur parce que je refuse de répondre aux questions idiotes et que je leur dis que leurs questions sont idiotes. On passe toujours pour la méchante dès lors qu'on ne fait pas ce que les autres attendent de vous, dès lors qu'on est la plus sincère et authentique possible. Je ne vais pas faire semblant, déjà que la promotion m'ennuie mortellement, alors si en plus je devais mentir…

Je suis un oursin, paraît-il. Ou une méduse… Mais ce qu'on oublie, c'est que l'oursin n'agresse personne, lui.

Cela me fait penser à une histoire qui m'est arrivée avec mon agent littéraire, celui qui s'occupe de mes droits à l'étranger. La première fois que je l'ai vu, cela s'est très bien passé, et il a conclu notre entretien par ces mots : « Je suis content de vous avoir rencontrée. On m'avait dit que vous étiez une emmerdeuse ! »

Cela donne le ton !

De toute façon, j'ai arrêté cette mascarade depuis longtemps et vous feriez mieux d'en faire autant. Focalisez-vous sur ce que vous pensez, plutôt que de vous laisser atteindre par des gens qui manquent d'ouverture d'esprit et qui s'insurgent quand la réalité ne rentre pas dans leurs petites cases.

En plus de quarante ans d'écriture, j'ai pu observer comment on nomme les femmes qui écrivent. Moi j'impose « écrivaine ». Avec le « e », et j'y tiens. Si je ne me l'attribue pas moi-même, je l'ai vérifié, personne ne le fera à ma place. Auteur, auteure, autrice, romancière ou même écrivailleuse, on ne manque jamais d'imagination pour ne pas nous mettre au niveau de l'Écrivain, le vrai. J'écris, c'est mon métier. *Writer*, en anglais. Après, je ne peux pas influer sur le contenu des articles, qui immanquablement qualifieront l'écrivaine de « sensible » et l'écrivain de « brillant ».

Pour répondre à votre question des sous-genres littéraires, beaucoup de journalistes aiment classer les livres ainsi. Cela me fait penser à une phrase de Monique Wittig : « L'écriture féminine, c'est comme les arts ménagers et la cuisine. » Je ne suis pas sûre non plus qu'il existe une écriture féminine ou une écriture de femmes. Je ne le pense pas et ne le souhaite pas. Cela reviendrait à dire que les femmes n'appartiennent pas à l'histoire littéraire, à la vraie littérature, que les femmes auraient une écriture spécifique, subalterne. Ma parade pour éviter ces sous-catégories dénigrantes : prémâcher le travail et inventer moi-même un mot qui me corresponde et que je vais répéter indéfiniment pendant des années. L'expérience m'a appris que la norme a horreur du vide.

Alors quand j'écris, je me pose peu de questions. Ce n'est pas mon métier que de me demander si j'ai

le droit ou non, même si certains pensent que c'est le leur de donner des autorisations.
Madeleine

Chère Madeleine,
Pour vous dire la vérité, étant jeune, je ne connaissais pas de femmes écrivaines – à part vous, parce que vous étiez vivante. Désormais, tous les jours, je découvre une nouvelle plume, un nouveau nom, et lire des femmes me fait du bien.

Par exemple, je viens de me plonger dans le *Journal* de Virginia Woolf et c'est un tel réconfort. Sa vie de femme et d'artiste n'est faite que de doutes aussi, alors parfois je me surprends à me faire une tasse de thé et à avoir l'impression que je la partage avec elle. Et je me sens un peu moins seule.
Louise

Chère Louise,
Je vis recluse sur mon île bretonne, mais je dois vous avouer quelque chose de très intime : je ne suis jamais seule.

Je suis entourée, portée par toutes les écrivaines qui cohabitent avec moi. Elles sont dans mon bureau, dans ma bibliothèque, sur ma table de chevet. Avec leurs journaux intimes, leurs correspondances, leurs biographies, ces femmes-là sont plus réelles pour moi et d'une aide bien plus précieuse que tant de vivants. Au quotidien, elles sont une béquille, une lumière dans le brouillard, une main tendue dans la nuit.

Dit comme cela, vous allez me prendre pour une folle, mais je ne vis pas avec des fantômes. Elles ne viennent pas me rendre visite. Je ne leur parle pas. Pas vraiment. Mais elles sont là, comme une famille, comme un souvenir vivace, constant, présent. Je vois une assiette ébréchée et je pense à celle qu'Emily Dickinson avait, suite à une remarque de son père, brisée net en lui lançant : « Ébréchée ? Vous avez raison, père. Elle ne l'est plus. » Une audace et une effronterie qui me donnent de la force. De dire et faire ce que j'ai au fond de moi, de repousser les limites du politiquement correct, de ne plus attendre la permission. D'être tout simplement.

Quand je voyais une assiette ébréchée, autrefois je la cassais aussi d'un coup sec, maintenant je la garde et je pense à Emily. Quand je vois le mot « sentimental », je pense systématiquement à Virginia Woolf, qui s'inquiétait à s'en rendre malade que les critiques jugent ses romans trop sentimentaux, elle qui est devenue la pionnière du féminisme.

Moi qui n'ai pas beaucoup d'amis, j'ai ces amies-là. Qui ont vécu ma vie avant moi. Je peux m'appuyer sur elles, leur demander conseil, imaginer ce qu'elles auraient dit, auraient fait, et cela me porte. Je ne suis jamais seule.

Comme les oiseaux migrateurs qui se relaient dans l'intérêt général et se passent le flambeau, je me sens liée à elles. Pas parce que ce sont des « grandes » femmes, mais justement parce que ce sont des êtres humains qui se débattent avec la vie, avec leurs questionnements, dans ce monde hostile à décrypter.

Ce sont des sœurs qui inspirent, qui nous autorisent à nous lancer nous aussi. Pourquoi pas moi ?

Ce ne sera pas facile. Il y aura des sauts dans l'inconnu, mais ce sera pour le meilleur. Chaque fois.

Parfois je leur écris. Et toujours, elles me répondent. Leurs réponses sont immanquablement pleines de surprises, de découvertes, de prises de conscience pour moi. Oui, je sais, cela a l'air étrange, d'écrire à des personnes avec qui toute correspondance est impossible mais cela m'aide. Je dépose mes doutes à leurs pieds et cela me fait du bien de leur raconter mes déboires, mes soucis ou mes considérations. La plus dure de toutes est Emily. Elle a été très sèche avec moi. « Mais foutez-moi la paix ! Je ne me suis pas recluse de mon vivant pour qu'une fois morte on vienne me harceler ! Arrêtez d'écrire aux écrivains morts ! Écrivez plutôt aux écrivains du futur ! »

Et un jour, c'est vous qui m'avez écrit la première…

Madeleine

3

Chère Madeleine,

J'ai de belles retombées et je mesure ma chance : même si l'on ne parle jamais du livre, du contenu, de l'histoire ou des procédés littéraires utilisés, l'on parle de moi. Mon parcours, ma famille, mon enfant, mon mari. Ce qui est drôle, c'est que j'ai beau prendre le temps à chaque interview, quand je lis les articles, c'est immanquablement le jeu des sept erreurs.

L'avantage avec le fait de ne pas être lue, c'est qu'au moins les critiques littéraires me laissent tranquille et je n'ai donc pas encore été écorchée au passage. Aurai-je les épaules assez robustes quand cela arrivera ? Ne pas mettre la charrue avant les bœufs, oui je sais Madeleine, et profiter d'être passée entre les gouttes des critiques assassines.

C'est juste que je me rends compte que l'écriture est une mise à nu. On dévoile notre âme, on laisse tomber la carapace, alors la moindre écorchure peut terrasser, et je n'avais pas mesuré cela. C'était peut-être la plus grande prise de risque, d'ailleurs : voir son nom associé à quelque chose de négatif, de faux ou de mauvaise foi, et ne rien pouvoir y faire.

Là, je file prendre mon train, je vais à mon premier Salon. Brive. Vous connaissez, bien sûr…
Je vous embrasse.
Louise

Chère Louise,
La foire du livre de Brive est une institution. Depuis chez vous, vous allez sûrement rejoindre Paris, et en gare d'Austerlitz, vous allez prendre le « train du cholestérol » ! Cinq heures de trajet, agrémentées de foie gras et d'alcool dès 10 heures du matin.
Mais si j'avais un conseil à vous donner : profitez du Salon ! Combien d'auteurs rêveraient d'y être invités ? Prenez le temps d'échanger avec vos lecteurs. Tout cela est précieux. C'est après ce genre de rencontres que l'on repart en sachant pour qui l'on écrit.
Je vous embrasse fort.
Madeleine

4

Chère Madeleine,
Je reviens de Brive et vous aviez raison : la rencontre avec les lecteurs a été extraordinaire. Je me savais chanceuse, je me faisais une joie de venir dans cet endroit emblématique et je n'ai pas été déçue. Je suis tellement heureuse que les organisateurs m'aient invitée.

Comme vous me l'aviez dit, j'ai pris ce fameux train. Avec 600 autres auteurs quand même ! Bon, moi, je suis malade en transport, j'ai besoin de regarder dehors ou de dormir, donc je n'étais pas vraiment comme un poisson dans l'eau au milieu de tout ce monde qui me parlait, changeait de place et me resservait du vin. Surtout que ce train, il tangue.

J'ai signé sans discontinuer. Je reviens d'ailleurs avec une tendinite à l'épaule, mais au moins j'en ai bien profité. Les mots des lecteurs résonnent encore en moi : « Merci d'avoir écrit cette histoire ! On dirait que vous parlez de moi ! Continuez d'écrire surtout. On attend le prochain avec impatience ! » J'espère vraiment pouvoir revenir avec un prochain.

Ces rencontres m'ont fait du bien. J'avais besoin de me rassurer sur cette première histoire, que j'ai écrite avec une grande naïveté, mais avec sincérité.

Désormais je sais que je ne suis pas seule à rêver à ce monde plus beau.
Louise

Chère Louise,
Je suis toujours étonnée que ce que j'ai écrit dans la plus grande solitude, et en ayant seulement comme pensée de trouver les mots justes, ait un tel écho. C'est vrai que rencontrer des lecteurs qui disent qu'un de mes livres a compté pour eux, ce n'est plus de l'étonnement, c'est vraiment du plaisir. C'est une justification totale de l'écriture. Je me dis que tous les doutes que je peux avoir eus se trouvent d'un coup effacés.

Quand on se retourne et que l'on voit ses textes faire œuvre ensemble, que les autres vous le disent et vous en font prendre conscience, c'est une joie évidemment, c'est une façon de se dire que ce que j'ai écrit compte, que cela forme une cohérence, c'est la chose à laquelle je suis le plus sensible.

Les années d'expérience, les prix, la reconnaissance n'ont en aucune façon enlevé les questionnements, ni atténué les remises en question. Mais quand je suis avec les lecteurs, que l'on échange les yeux dans les yeux, je sais que je ne suis plus seule. Et je n'ai plus peur.
Madeleine

Chère Madeleine,
Seule ombre au tableau, si je puis dire, l'interview d'un journaliste. Je venais juste d'arriver au Salon,

je n'étais même pas encore allée jusqu'à ma table de dédicaces, qu'il m'a attrapée au vol.

C'était un direct pour une radio locale. Le temps était compté, j'avais droit à trois questions pour parler de mon dernier roman, et il commence : « Vous venez d'arriver au Salon, vous êtes maman aussi, comment faites-vous avec votre enfant ? » Moi, je suis déstabilisée, on s'en fiche de cette question, les auditeurs aussi. « Mais il a un père. Ce n'est pas le baby-sitter… » « C'est vrai. Et, ce roman, il a dû le lire. Qu'en a pensé votre mari ? » Et moi, je ne comprends plus rien à cette interview. Mon mari n'est pas éditeur. Aurais-je dû lui demander l'autorisation ? Et à mon père aussi ? Devant mon silence et ma sidération, le journaliste a enchaîné : « En tout cas, nous sommes chanceux qu'il vous permette d'être parmi nous. Vous semblez réussir sur tous les tableaux : mari, enfant, carrière… Une femme parfaitement accomplie. Quelle est votre recette ? » « Euh… je n'ai pas de recette et je ne crois pas qu'une femme soit censée tout réussir, d'ailleurs… » « Allez, je vous laisse retrouver vos fans. Vous êtes très attendue, ici, vous le savez ! »

Et évidemment on n'a pas eu le temps de parler du livre !

Il m'a agacée à tout transformer, à ne rien comprendre : ce sont des lecteurs, pas des groupies. Ils aiment le livre, pas l'autrice. Ils ne connaissent rien de ma vie. Quant à son « Vous semblez réussir sur tous les tableaux » ?!! Mais qui veut réussir sur tous les tableaux ? Qui devrait réussir sur tous les tableaux ? C'est quoi la « réussite domestique » ? Nettoyer le contour du robinet ou les joints du carrelage de la salle de bains avec une brosse à dents et que ça brille le temps que quelqu'un utilise à nouveau le lavabo ?

Je culpabilisais déjà tout le trajet en essayant de me rappeler que ce temps que je « vole » à ma famille, c'est pour travailler, pas pour m'amuser – et encore j'aurais le droit –, et là, la première chose que l'on me fait ressentir, c'est que ce ne serait pas ma place : un week-end, une femme devrait s'occuper de ses enfants et pas faire sa star ?

Ce n'était qu'un détail, deux minutes dans un week-end de rencontres parfaites, mais ça m'agace de bloquer sur cela.

Je m'excuse, Madeleine, de vous ennuyer avec ce genre de broutilles, mais je crois que cela me fait du bien de le partager avec quelqu'un.

Je vous embrasse fort.
Louise

Chère Louise,

Je comprends que vous soyez irritée de ne pas être reçue comme une écrivaine, mais comme une mère, une épouse. Bref, comme une femme. Je comprends et compatis.

Et encore, diraient certains, ce n'était sans doute pas dit méchamment ou consciemment. Il pensait sûrement poser une question neutre, en parlant de ce qu'il pensait être le plus important pour vous et pour ses auditrices peut-être aussi. Vous avez bien fait de lui répondre sincèrement. Ce sera par des réponses factuelles que les consciences changeront.

Peut-être qu'un jour on arrêtera de penser qu'une femme doit être parfaite et réussir sur tous les tableaux. Peut-être qu'un jour aussi on arrêtera de mentionner le métier de son mari ou son nombre d'enfants pour la présenter, et que faire bien le métier qu'elle a choisi sera suffisant.
Madeleine

Chère Madeleine,
Merci pour vos mots. Souvent, je me dis que c'est moi qui suis susceptible, que je vois le mal partout, que j'ai beaucoup trop d'imagination, mais j'ai tendance à faire confiance à mon corps qui se raidit et qui me fait ressentir quand quelque chose ne va pas, que ce n'est pas juste, que ça ne se passe pas comme ça pour les autres. Je sais que ce ne sont que des détails, je le sais, je ne devrais garder que le meilleur, la rencontre extraordinaire avec les lecteurs, le fait qu'ils aient été si nombreux à venir me voir « moi » ! À attendre des heures !

Ça n'arrive jamais dans la vie d'avoir des gens qui font la queue devant votre porte de bureau pour vous dire : « C'est bien ce que vous faites, on vous aime, continuez ! », et qui applaudissent quand vous arrivez ! Personne n'applaudit quand j'arrive au bureau le matin !
Louise

5

Chère Louise,

Maintenant que vous êtes rassurée par l'accueil du livre, qu'il a été plus que bon, voici mon conseil, le plus important peut-être : « Prenez soin de vos lecteurs. »

Ce qui nous arrive à toutes les deux est extraordinaire, on aimerait que cela dure le plus longtemps possible, seulement on ne maîtrise pas grand-chose, si ce n'est notre texte et notre façon de nous comporter avec les lecteurs. Nous pouvons retomber aussi vite que nous sommes montées et être aussitôt remplacées par d'autres écrivains et écrivaines, plus nouveaux, plus à la mode. C'est la vie et nous en aurons bien profité. Nous n'avions même pas rêvé de tant !

On croit que l'écriture est un acte solitaire, que l'on peut écrire seule, mais c'est faux. Ceux qui vous ont été fidèles, gardez-les précieusement près de vous. Nous ne sommes pas grand-chose sans leur amour.

Un jour, on m'a soufflé cette phrase à propos d'un grand pianiste américain : « Art Tatum était le plus grand. Son problème, c'est que Tatum n'a jamais voulu être plus grand que Tatum. »

Tatum ne savait pas qu'il pouvait être plus grand que lui-même. Il n'a peut-être pas assez douté. L'écriture, et l'art en général, n'est pas une destination. Aucun trône doré ne nous est alloué. Jamais. Encore moins pour toujours.

Le talent, et même le génie, ne servent à rien sans le doute, sans la volonté de tout remettre en question – et soi-même en premier lieu. Essayer de faire mieux est la moindre des choses. Pour soi, déjà. Pour les lecteurs ensuite.

Un auteur que je ne nommerai pas, qui a écrit des centaines de livres, vendus à des millions d'exemplaires à travers le monde, écrivait dans ses Mémoires : « Cela sera bien suffisant pour mes lecteurs. »

Cette phrase m'a traumatisée. Or rien ne sera jamais suffisant pour eux. Alors faites toujours plus. Ne soyez jamais condescendante. Je vous connais assez pour savoir que ce ne sera pas votre cas, mais le succès chez certains peut faire perdre le sens de la réalité.

Dans les Salons, je peux constater que dans les files d'attente autour de moi tous les lecteurs ne se valent pas, certains sont respectueux, d'autres non. On partage plus qu'un livre avec eux, on partage une intimité, un état d'esprit, des valeurs. Alors, je crois qu'on a les lecteurs que l'on mérite. Mais on ne les « a » jamais. Ils ne nous appartiennent pas. Ils ne nous doivent rien ou pas grand-chose. Vous, en revanche, vous leur devez tout.

Je vous embrasse.

Madeleine

6

Chère Madeleine,

Mon attachée de presse vient de m'appeler. Première télé ! Premier direct !

Déjà, quand je suis invitée à la radio pour une émission enregistrée, je ne dors pas de la nuit (ni la suivante, puisque je refais toute l'interview dans ma tête en essayant de répondre plus intelligemment), mais là je stresse à l'idée de toutes les bêtises que je pourrais dire et que j'aimerais éviter. J'ai peur de ma spontanéité, de ma naïveté, de ne pas comprendre les questions, bref, de passer pour une cruche.

Au secours... Et ils vont avoir l'image en plus ! Moi qui rougis tout le temps ! Moi qui parle trop vite ! Moi qui ne sais pas mentir ! Et il va falloir faire quelque chose de cette tête ! Si vous me voyiez ! Avec le travail, mon jeune fils, le livre et ma nouvelle grossesse déjà bien avancée, je n'ai plus le temps de rien.

Et c'est demain...
Louise

Chère Louise,

J'ai regardé l'émission et je vous y ai trouvée formidable ! Vous étiez très à l'aise, et vous avez pu parler du livre ! Bravo. Une véritable réussite !

Madeleine

Chère Madeleine,

Je vous remercie pour votre enthousiasme. Il faut absolument que je vous en raconte les coulisses.

Tout d'abord, chaque invité était censé ne pas savoir qui seraient les deux autres. Moi je n'avais rien demandé mais on m'a révélé que ce serait un acteur et un écrivain. Ce qui est étonnant, c'est que les deux autres invités ont insisté pour savoir qui serait le troisième. La femme. Et vous savez pourquoi ? Parce qu'ils ne voulaient pas être avec une de leurs ex !

Ça ne risque pas de me traverser l'esprit, des idées comme ça… Une fois en loge, curieuse, je leur demande : « Mais pourquoi ? N'êtes-vous pas restés en bons termes ? » Non, il s'agissait de ne pas gâcher une opportunité ! Ils ont dû être déçus, j'étais enceinte jusqu'aux dents…

On ne vit vraiment pas dans le même monde. La monogamie, la longévité du couple ne semblaient pas être des concepts qui les intéressaient. Ils partageaient même une ex en commun : une comédienne. Et l'un d'eux a d'ailleurs conclu l'émission en disant que je ressemblais à une actrice… Eh non, merci.

Il faut surtout que je vous raconte ce qui s'est passé avec la présentatrice.

J'arrive sur le plateau, je vais pour m'installer pendant la publicité en attendant le direct, et la première phrase qu'elle m'adresse, les premiers mots qu'elle me dit : « Et comment le prend votre mari ? Parce que toutes les femmes que je connais et qui réussissent ont toutes fini par divorcer ! » La lumière revient en plateau, pas le temps de comprendre, interview, et tout le long je me demande : Mais qu'est-ce qu'elle a voulu dire ? Qu'est-ce qu'elle cherchait à faire : me prévenir ? Vous comprenez, vous ?

Mon mari est féministe, il se réjouit pour moi. La base de notre couple, c'est l'admiration. Je l'admire et il m'admire.

Pourquoi un homme ne pourrait-il pas être heureux du bonheur et de la réussite de sa femme ? Est-ce que ça lui enlèverait quelque chose ? Je n'ai pas compris.

De toute façon, je ne comprends rien à ce qui m'arrive. Tout me dépasse.

Louise

Chère Louise,

Marguerite Duras disait : « Le pire que l'on puisse faire à un homme, c'est un livre. » Je ne sais pas si c'est vrai.

7

Chère Madeleine,

Grande première ! Un journaliste a ouvert mon livre et un extrait a été montré à la télévision. On progresse, mais je n'ose vous dire…

Dans l'extrait qu'ils ont choisi, ils ont zoomé sur le mot « maquillage » (la phrase était « sans maquillage », seule occurrence du livre). Et en voyant cela, j'ai senti mon corps se raidir.

J'ai l'impression d'être ingrate, de ne faire que me plaindre, de voir chaque fois le verre à moitié vide. Mais ce mot ne représente en rien ce que j'écris, ni qui je suis. Alors je suppose que c'est l'image qu'ils doivent avoir de moi, ou de mon texte qu'ils n'ont pas lu, ou, pire, de mes lecteurs.

Je sais qu'il n'y a que moi qui le vois, que ça n'a pas d'impact sur le téléspectateur, c'est une milliseconde, mais il y a tellement d'autres passages à montrer pour donner à voir le style, l'histoire… Ils en avaient d'ailleurs quatre présélectionnés à disposition.

Je reconnais qu'ils ne peuvent pas penser à tout, mais je ne comprends pas la logique, comme si c'était le mot qu'ils avaient recherché dans leur liseuse… Pourquoi feraient-ils ça ? Cela n'aurait aucun sens.

79

C'est à me faire douter de qui je suis, de ce que je fais et pour qui je le fais.

Si je dois être honnête, le sentiment de l'imposteur, moi, je ne l'avais pas. Ce sont les autres qui l'ont pour moi, qui me font sentir comme une moins que rien avec mes textes qui ne seraient pas de la vraie littérature, comme quelqu'un qui ne devrait pas être là et qui aurait dû demander l'autorisation à son mari, à son papa, au milieu littéraire avant d'écrire. Pourquoi n'aurais-je pas le droit ? Je perds une énergie dingue, à ressasser ces agacements, alors que j'en ai déjà peu, et si peu de temps pour écrire.

J'arrête de vous embêter. Je crois que je suis juste fatiguée entre le travail, la famille, la maison, la promotion du livre et l'envie d'avoir un peu de temps pour moi avant la naissance pour souffler, réfléchir et penser à la suite.

Louise

Chère Louise,

Je connais ces petites phrases qui voudraient nous faire sentir que l'on n'est pas à notre place. On se sent illégitime quand on se demande sans cesse si on mérite la place à laquelle on se trouve. Et je vous rassure tout de suite, le problème, ce n'est pas vous.

Aujourd'hui, tous ces sentiments de décalage que vous me décrivez vous font vous sentir imposteur, mais l'on pourrait carrément dire « impostrice », car ils vous arrivent spécifiquement parce que vous êtes une femme. Et tout cela, je ne le connais que trop bien.

Combien de plateaux télé sur lesquels j'étais la seule femme, avec autour de moi trois hommes ?

Combien de commentaires sur ma tenue, mes cheveux, ma gentillesse ou ma méchanceté, sur ma jeunesse fanée, ma vie de famille, mon mari si gentil qui m'autorise.

La société nous accable déjà assez de « Si tu étais véritablement une bonne mère, tu ferais… », « Si tu étais véritablement une bonne épouse, tu devrais… », « Si tu étais véritablement une bonne maîtresse de maison, tu aurais… ». Alors ces petites voix, réelles ou non, qui nous remettent à notre place de mère et d'épouse, qui nous empêchent d'agir librement dans le monde, il faut les supprimer.

Virginia Woolf disait qu'il fallait « tuer l'ange du foyer ». Cela prend du temps, mais on finit par y arriver.

D'ici là, je vous embrasse. Reposez-vous bien. Et à la prochaine remarque condescendante, dites-leur : « Oui, et alors ? Est-ce un problème… ? » et faites passer la honte dans l'autre camp.

Madeleine

8

Chère Madeleine,
Je n'aime pas du tout la personne que je suis en train de devenir. Si je suis heureuse dans l'écriture, épanouie avec les lecteurs, je deviens horriblement fébrile dès lors que j'entre en relation avec l'éditrice, la maison d'édition, la presse ou les critiques. Je commence à comprendre que tout cela n'est pas un jeu, et semble au contraire très sérieux.

C'est un petit milieu et j'ai l'impression d'être à côté de la plaque pour tout. De n'avoir jamais lu les bons classiques, de devoir rattraper mon retard pour comprendre quelle est l'histoire de ces gens, pourquoi ils sont si importants, mais dans le fond… ça ne m'intéresse pas du tout. Moi, j'aime lire et écrire. Point.

De la même manière, il y a des émissions pour lesquelles je me mets à espérer une invitation, alors qu'auparavant j'étais simplement heureuse de les regarder.

Je fuyais déjà les réseaux sociaux parce que je n'aimais pas la personne que je devenais, et là je sens que cela recommence. Je me vois me transformer, me mettre à désirer des choses qui ne me rendront pas forcément plus heureuse, à jalouser les autres pour des raisons futiles dont, en réalité, je me fiche éperdument.

Même avec les proches, c'est devenu difficile : ils s'immiscent, ont tous un avis différent et contraire au mien, parfois une pique, et je sens ma confiance s'étioler. Je ne veux pas les écouter, mais, dès que je me remets à ma table, ils sont tous là. Je voudrais juste plonger profondément en moi et oublier tout le reste.

Ça devient vraiment dur.

D'ailleurs, je n'ose vous demander ce qui me taraude depuis que nous correspondons, mais je m'inquiète, et mon intention n'est nullement de vous froisser. Depuis de nombreuses années, aucun nouveau livre de vous n'a paru. Pourquoi ? N'écrivez-vous plus ?

Votre amie,
Louise

Chère Louise,

C'était écrit qu'un jour je n'écrirais plus. Qu'un jour, je devrais arrêter de mettre un livre entre la vie et moi. Qu'un jour, mon dernier roman serait vraiment le dernier.

C'était écrit que ça finirait comme ça. Parce que ça finit toujours comme ça, pour nous tous...

C'est ainsi, l'écriture fait trop mal à l'écrivain. À sa famille surtout.

On relève la tête, la vie a passé et on est seule. Restent les traces sur les murs, laissées par leurs petites mains, les luminaires abîmés à force de recevoir des coups de ballon, les marques au crayon, preuves de leur croissance et du passage du temps, les ombres laissées derrière les dessins accrochés qui ont fini par tomber.

J'ai changé de maison, de vie. Trop de souvenirs d'une jeunesse passée, envolée. Cela fait mal de vivre dans un musée où tout témoigne d'une vie qu'on a ratée, qui s'est écoulée, à côté de nous, sans nous, et que l'on a laissée filer entre nos doigts.

Alors peut-être en avais-je assez d'écrire ? Peut-être aussi n'avais-je plus rien à dire, peut-être avais-je tout dit, peut-être m'étais-je lassée de moi, peut-être écrivais-je pour de mauvaises raisons, peut-être étais-je empêchée et que soudainement je ne le fus plus ? Ou peut-être est-ce une autre raison plus intime. Peut-être m'a-t-on demandé d'arrêter d'écrire ? Peut-être ne le sais-je pas moi-même…

Madeleine

IV

« J'ai trop le désir qu'on respecte ma liberté pour ne pas respecter celle des autres. »

Françoise SAGAN

1

Chère Madeleine,
Cela fait quelque temps que je ne vous ai pas écrit. Nous avons déménagé, quitté la grande ville pour revenir dans ma forêt natale. Cela me fait une heure et quart de trajet le matin et autant le soir, mais cela m'était devenu vital. Le moindre petit bruit de la ville me rendait folle : aussitôt une migraine montait, tapait dans ma tête comme un marteau-piqueur. Je ne sais pourquoi cette intolérance au bruit s'est intensifiée... Peut-être est-ce le fait de savoir que l'on peut travailler seule dans le silence, ou est-ce l'âge, ou encore le fait qu'il y ait déjà constamment une petite voix dans ma tête, qui fait déjà beaucoup de bruit, que je dorme, que je mange ou que je fasse l'amour ?

Par ailleurs, je viens d'être promue. Si ma vie était déjà rock'n'roll, là, ça va être chaud ! Mais je n'ai pas envie de refuser. Alors avec le livre et le deuxième enfant qui vient d'arriver, il va falloir tenir bon ! Je sais ce que vous en pensez mais sachez que je fais au mieux.

Je vous embrasse très fort et espère que tout va bien de votre côté.
Louise

Chère Louise,

Je suis heureuse d'apprendre que vous vous rapprochez de la nature, d'un lieu à vous, qui vous est cher et qui vous ressource. Sachez que je ne vous juge pas, nous faisons toutes comme nous le pouvons, et il y a parfois des moments de transition, de questionnements, de doutes, avant de tout remettre en ordre.

Mais si j'avais un conseil à vous donner : retournez à votre table de travail le plus rapidement possible. En écriture, le temps est tout sauf un ami. Il tétanise. Combien d'artistes n'ont-ils créé qu'une seule et unique œuvre ? Combien de chanteurs arpentent les soirées mondaines en continuant de répéter qu'il y a trente ans ils ont écrit un tube ?

Le roman le plus dur à écrire n'est pas celui que l'on croit. Ce n'est pas le premier. C'est le deuxième. La première fois que vous avez écrit, vous avez « raconté une histoire ». Pour la seconde, gardez cet état d'esprit, et surtout « ne faites pas un livre » !

Je suis ravie que vous preniez davantage de responsabilités au travail et que cela vous comble, mais n'oubliez pas l'écriture. Elle fait désormais partie de votre vie. Vous vous le devez et j'oserais même vous dire que vous le devez aussi à vos lecteurs.

Je vous embrasse et souffle le vent de l'écriture vers votre si belle forêt.

Madeleine

Chère Madeleine,

Je vous remercie pour votre conseil. Je ne vous cache pas que mon agenda me laisse peu de temps et peu de place à l'imagination. Boulot, boulot, boulot. Mais je crois aussi que je garde mon travail pour rester libre dans mon écriture, pour dire ce que je dois dire et pas pour chercher à plaire.

Je fais au mieux et j'ai mis en place une routine : tous les jours dans le train, je prends mon carnet et j'y note des idées, des personnages, des phrases. Ce temps, aller et retour, n'est que pour moi. Cela finira bien par donner quelque chose.

Je n'ai dit à personne que j'essayais d'écrire un deuxième roman, ni à ma famille, ni à mon employeur. Je ne souhaite pas plus de pression pour le second que pour le premier – même si je viens de découvrir qu'il existe un nom en anglais, le « *second novel syndrome* », pour évoquer la difficulté d'écrire à nouveau. Je commence d'ailleurs à comprendre d'où va venir cette difficulté…

Quand on écrit la première fois seule chez soi, que personne ne nous attend, cela crée un environnement d'innocence et d'insouciance que j'ai perdu.

Je me rends compte qu'après une première publication on est plus embarrassée de soi-même, de son ego. On se regarde davantage écrire, on s'analyse, on réfléchit et on perd de l'énergie à se poser des questions que l'on ne se posait pas avant.

Oh, que c'est dur de se faire confiance, de se rappeler que ce qui nous plaisait, nous touchait, sans avoir aucune preuve que ce n'était pas trop naïf, a fini par plaire à tant d'autres.

J'ai écrit mon premier comme quand on invente une recette de cuisine. Avec beaucoup de naïveté et d'instinct. Vous improvisez, faites en fonction de vos inspirations du moment, à table tout le monde vous plébiscite, vous réclame le même plat pour les jours à venir, sauf que vous n'avez aucune idée précise de ce que vous y avez mis ni en quelle quantité. Bien sûr, pour un deuxième roman, il s'agit précisément de ne pas refaire exactement la même chose, néanmoins vous ne savez pas ce qui a concrètement plu aux lecteurs.

De toute façon, je crois que tous les romans sont des épreuves – le premier, le deuxième, comme le vingtième. Et si j'y suis arrivée une fois, je devrais bien être capable d'y arriver encore.

Chère Madeleine, si vous n'écrivez plus, puis-je vous demander comment vous occupez vos journées ?

Je vous embrasse fort.

Louise

Chère Louise,

Ma vie quotidienne est banale, répétitive, et très peu digne d'intérêt. Je me lève tous les jours au chant des oiseaux, je nourris ma chienne, je me prépare du thé, grignote deux biscottes au beurre, et fais un tour de jardin pour ramasser le bois mort tombé dans la nuit. Puis, avec ma chienne, nous faisons notre balade, un grand tour de l'île, par le chemin des douaniers, et nous terminons au café de la place, en face de l'église, avec un thé et le journal. On repart avec la baguette, des aliments pour les repas du jour, et l'on rentre. J'allume un feu, relance une théière et m'installe à ma table de travail pour ne pas la quitter pendant quatre heures. J'essaie d'écrire, à défaut d'y parvenir. Le midi, je m'installe dans ma cuisine avec ma radio, prépare le repas et déjeune en laissant la porte qui donne vers l'extérieur ouverte, pour me sentir dans mon jardin, près de la mer. Après le déjeuner, je passe chaque après-midi une à deux heures dans mon jardin. Surtout à m'occuper de mes fleurs. Elles sont généreuses. Si on en prend soin, que l'on est attentionnée, elles donnent au centuple. Fleuraison de roses sur fleuraison. Je leur parle. Près de ma porte d'entrée, à côté des trois marches du perron, il y a mes préférées, les plus odorantes. Chaque fois que je passe à côté d'elles, elles m'accueillent, m'embaument.

Rarement, je coupe une branche du lilas, une tige de rose, une pivoine, et je me fais un bouquet pour mon bureau. J'aime écrire avec le jardin à l'intérieur, avec la beauté, la senteur autour de moi, qui me porte et me transporte. Mais je préfère quand je laisse les fleurs à leur place, quand les abeilles peuvent les butiner, faire leurs allers et retours, leur boucan, et que les vulcains papillonnent sur le buddleia.

Je n'ai pas un grand jardin, mais il est parfait pour moi. Les arbres me proposent leur ombre, les fleurs leurs parfums.

Quand j'inspecte mon jardin, je chausse mes bottes, mets mon coupe-vent, et parfois un chapeau ou un bonnet. C'est mon uniforme.

J'ai une terrasse à l'étage, cela me fait un belvédère. La vue sur le bleu de la mer, je ne pourrai jamais m'en lasser.

Le silence est très présent dans ma vie, je parle peu.

Mais, avec le temps, je me rends compte que je m'adresse beaucoup à Olympe, ma chienne. Je lui raconte ce que l'on fait ou ce que l'on va faire. J'ai parfois l'impression de voir ma mère ou d'être dans un épisode d'un très vieux policier allemand. « Allez viens, on va faire le marché. On prend la voiture aujourd'hui ! » « Ne me regarde pas avec cet air de chien battu, je t'ai dit non, c'est pour moi. Et tu n'en auras pas. » « Tu vas m'aider à faire du tri, et demain on ira à la déchetterie. »

En fin d'après-midi, je me promène à nouveau avec ma chienne, vais relever le courrier, reste au soleil avec ma tasse, puis rentre. Je me mets dans mon fauteuil près de la fenêtre avec un livre, un carnet, un crayon. En fin de journée, je paie mes factures, réponds à certaines sollicitations et me consacre enfin à ma correspondance. Vous êtes assurément, Louise, l'occupation la plus distrayante de ma journée. Puis vient l'heure du dîner, souvent un potage, un bout de fromage et un fruit. Je monte dans ma chambre et m'attarde à écrire quelques lignes du jour dans mon journal. Et je me couche avec un livre, parfois différent de celui de l'après-midi.

Pour en revenir à l'écriture de ce deuxième, c'est normal. Il faut accepter que les conditions d'écriture ne soient plus les mêmes, elles n'étaient pas nécessairement meilleures auparavant, elles sont juste différentes.

Il faut revenir à ce qui est essentiel : récit, composition, texte, personnages. L'émotion et la justesse suivront. Trouver un sujet qui vous questionne et vous passionne, retrouver l'envie tout simplement, c'est ce qui vous permettra de revenir à l'écriture, sans encombre. De revenir à vous-même.

Si on commence à réfléchir à ce qui est hors du texte, à la réception par la critique et les lecteurs, on s'éloigne des bons moteurs, des bonnes questions, oubliez cette pression-là.

Quand on est dans le travail, on est centré.

Je vous embrasse.

Madeleine

2

Chère Madeleine,

Mon éditrice vient de m'appeler et de me dire : « Alors, c'est pour quand ce deuxième ? On a hâte ! » Moi qui ne voulais pas de pression… J'ai même cru un instant qu'elle parlait de mon deuxième enfant ! Mais non…

Je sais que le deuxième roman est une épreuve, que je suis attendue au tournant, surtout après un premier qui a bien marché. D'ailleurs, j'en ai presque un peu honte, j'ai raconté une histoire, mais, sans aucun style particulier, il n'y avait rien d'impressionnant dans ma façon de la raconter. J'ai l'impression dans mon premier d'avoir donné à lire ma cuisine interne, sans aucune forme de réflexion. Je ne me suis même jamais posé la question de l'image que cela allait renvoyer de moi, je n'ai jamais pensé à comment bien faire mon entrée en littérature, ni si c'était par ce texte-là vraiment que je voulais me donner naissance littérairement. Je ne savais pas qu'il allait me représenter, me coller à la peau. J'aimerais faire mieux. Je sais que je peux faire mieux.

Nous sommes très différentes quant à notre ambition littéraire de départ. Vous, j'ai l'impression que

c'était plus réfléchi, beaucoup plus ambitieux aussi. Non ?
Louise

Chère Louise,
« Épreuve ? » « Attendue au tournant ? » « Faire son entrée en littérature ? » D'où arrive la pression que vous vous mettez ? De vous-même ? Il ne faut pas avoir peur d'être attendue par les lecteurs : ils espèrent simplement retrouver une plume, une imagination, une atmosphère. Ils ne vous attendent pas avec un couteau, mais avec beaucoup de bienveillance et de curiosité.

Moi, dès le début, peut-être en raison de mes études de lettres, de l'écriture de mon journal, ou de mes lectures, mon ambition littéraire était très élevée.

C'était comme si j'essayais d'un côté de suivre les grands maîtres, et de l'autre d'écrire comme si personne n'avait jamais écrit avant moi. Je voulais révolutionner la littérature ou rien.

Mon premier écrit a été refusé, et c'est très bien ainsi, car il n'était pas prêt et cela m'évite d'en rougir aujourd'hui. J'ai d'ailleurs pu me laisser le temps de le réécrire. Avec la compétence acquise au fil des années, il est devenu mon texte le plus reconnu. Celui qui a marqué un genre nouveau. Celui surtout que je n'aurais pas pu écrire à 20 ans.

Vous me parlez de votre manque de style. Mais qu'est-ce qui vous fait croire que vous n'en avez pas ? Est-ce le regard des autres ? Vous ne vous posiez pas ce genre de questions auparavant.

Je vous l'ai dit : il s'agit de raconter une histoire, pas de faire un livre ou de faire son entrée en littérature. Le style, ce n'est rien, ce n'est que le timbre sur l'enveloppe. Ce qui compte, c'est à qui l'on s'adresse. Pour votre premier roman, vous vous adressiez directement aux lecteurs et, au vu de son succès, on peut dire que vous avez touché juste.

La littérature telle que je la vois, telle que je la pratique, il faut qu'elle soit le plus universelle possible. Naturellement, l'universel n'est jamais atteint, mais il s'agit de ne jamais exclure personne, notamment certaines classes sociales. Vous savez, quand j'ai fait mes études de lettres, l'hermétisme ne me posait pas de problème, je pensais avec Mallarmé que « toute chose sacrée, qui veut demeurer sacrée, doit être inaccessible au plus grand nombre ». J'ai cru cela aussi, mais j'ai beaucoup changé. Désormais, je sais que la simplicité est ce qu'il y a de plus noble. C'est très difficile d'arriver à faire de la poésie avec les mots de tous les jours.

En France, il y a un énorme poids de la norme, de l'étiquette, de la case dans laquelle il faut entrer et qu'il faut respecter pour toujours. Ne surtout pas sortir du rang, ne pas faire de vagues, ne pas rêver trop fort. Ce que l'on est en droit d'accomplir semble déjà être prédéterminé selon qui l'on est, qui sont nos parents et d'où l'on vient. C'est quelque chose qui m'a toujours paru très détestable. C'est une véritable oppression. Beaucoup de gens feraient des choix différents si on leur donnait la possibilité de se réinventer, d'être eux-mêmes multifacettes, mais en France on n'a pas le droit. La société, la famille, tout le monde sait mieux que vous ce que vous devez faire, qui vous êtes censé être. On a assez de cases dans la société pour ne pas en ajouter en littérature.

Si votre roman continue sur sa lancée, ce dont je ne doute pas, ce premier roman va effectivement vous définir. Les lecteurs vous assimileront à lui. Vous devez dès à présent vous en émanciper. Aucun artiste n'aime les étiquettes, ce sont des prisons. Le rôle d'un artiste est de casser les codes. Ne soyez surtout pas là où on vous attend ! Restez libre ! Libre de vous renouveler, de changer. Oui, je sais, cela fait peur, on redoute de déstabiliser et de perdre ses lecteurs. Mais si l'écrivain n'est pas libre, qui l'est ?

Alors ne vous laissez jamais enfermer. Ni par vos propres écrits, ni par la vision qu'ont de vous les éditeurs ou les libraires. Les lecteurs, eux, lisent, ils seront toujours prêts à vous suivre dans votre progression, alors faites-leur confiance.

Madeleine

3

Chère Madeleine,

J'ai essayé de réfléchir au second roman mais ne me viennent que des questions pour lesquelles je n'ai pas la réponse. *Dois-je l'écrire à la première personne ou à la troisième ? Au présent ou au passé ?*

Mais je mets la charrue avant les bœufs : parce que je n'ai toujours pas de sujet ! Je n'ai pas de problème d'inspiration, d'idées, j'en ai plein, mais comment savoir quelle est la bonne ? Je ne peux pas simplement me lancer, écrire 300 pages, et me dire : « Ce n'est pas grave, on verra bien si ça marche, si à la fin ce sera bien ! Et si ce n'est pas le cas, je recommence. » Je n'ai pas assez de temps, pas assez d'énergie à perdre pour me tromper de voie. Alors je cogite, je réfléchis beaucoup trop, me tétanise et n'écris rien.

Et mon éditrice qui me susurre : « Attention au deuxième ! C'est casse-gueule, ça passe ou ça casse ! » Moi, j'entends : « Si le deuxième ne marche pas aussi bien que le premier, on te lâchera… »

Louise, en galère

Chère Louise,
Le « bon » sujet est un non-sujet.

La première fois que l'on écrit, on a peur que l'on nous vole notre idée. Et puis, on se rend compte que si tous les écrivains écrivaient sur le même thème, il y aurait autant de romans que de romanciers. Ce qui compte, c'est votre singularité, votre sensibilité, votre voix, ce que vous avez d'unique à dire aujourd'hui sur votre époque. Gide disait d'ailleurs : « Ce qu'un autre aurait fait aussi bien que toi, ne le fais pas. Ce qu'un autre aurait aussi bien dit que toi, ne le dis pas. Ce qu'un autre aurait aussi bien écrit que toi, ne l'écris pas. Ne t'attache en toi qu'à ce que tu sens, qui n'est nulle part ailleurs qu'en toi-même. »

Vous devez comprendre, avoir conscience de votre « spécificité », c'est-à-dire les raisons pour lesquelles cela vous est nécessaire et vital *à vous* d'écrire. Parce qu'il y a une réalité qui vous empêche de vivre comme les autres. Une vérité à faire sortir pour réconcilier vos deux mondes.

On ne choisit pas le thème de ses livres. Ils sont déjà là, ils nous habitent intimement. C'est ce qui nous terrifie, nous hante, nous travaille, anime nos pensées jour et nuit, ce qui nous serre le ventre, nous révolte, nous met en colère, nous semble injuste, ce pour quoi nous pourrions nous battre jusqu'à notre dernier souffle. La liberté, la vie, la justice, le respect, l'égalité, la solidarité, les liens du sang, l'amour.

Les meilleures sources d'inspiration, celles qui sont selon moi inépuisables, sont les injustices. Si votre crayon était une baguette magique, si votre vision du monde pouvait être partagée avec d'autres, qu'aimeriez-vous montrer, crier, changer ?

Puis-je vous poser une simple question, Louise ? Que lisez-vous en ce moment ?

Madeleine

Chère Madeleine,

Je vous remercie pour votre réponse qui comme chaque fois me donne une bouffée d'oxygène. Oui, je vois ce que vous voulez dire, mais si vous saviez ! Je n'ai même plus le temps de lire, plus le temps de rien, avec mon travail, le deuxième bébé, mon couple, mon éditrice, la promotion du roman précédent. Plus de temps pour moi. Alors lire… Je ne lis plus du tout ! Ma table de chevet déborde ! Et uniquement des livres sur…

Oh, Madeleine ! Merci ! Merci mille fois !

Bien sûr que je l'ai, mon sujet, il n'y a même que cela qui m'intéresse en ce moment. Évidemment que c'était cela, la solution ! Évidemment que c'était là sous mes yeux, ce qui me travaille, ce qui m'empêche de dormir… Merci, merci, merci ! Vous êtes vraiment trop forte. Un devin !

Louise

Chère Louise,

Je ne vous demande pas de me dévoiler votre sujet. Il est à vous. Protégez-le. Mais n'oubliez jamais : un roman est un micro. Vous avez une voix et elle compte. Utilisez-la. Vous êtes légitime.

Toutes les histoires ont une valeur, toutes les histoires méritent d'être racontées. Même celles que l'on peut croire banales.

Madeleine

Chère Madeleine,

Encore merci ! Ça y est : je vole ! L'écriture comme un oiseau, les mots comme des plumes, les phrases comme des ailes qui m'emmènent si haut, si loin, si intensément en moi, à la découverte de tout ce que je ne sais pas encore ! Hâte de vous en dire plus !

Icare ou pas ? En tout cas, ambitieuse et sur la bonne voie.

4

Chère Madeleine,
Ça ne va pas ! Ça ne va pas du tout !
En pensant au roman que j'essaie d'écrire, je me suis surprise tout à coup à être d'une extrême ambition. Pendant de nombreuses minutes, je me vois enchaîner les objectifs, la vision s'affine, le tableau d'ensemble se précise. Il y aura beaucoup de travail à fournir, beaucoup de sous-objectifs, mais cela ne me fait pas peur. J'en suis capable. J'ai l'énergie pour, poussée par la nécessité, par ma merveilleuse et unique idée. J'ai trouvé en moins d'une heure tout ce qui va être mon plan d'intention, mon cadre et ma bouée de sauvetage.

Et puis, soudain, je me relis et je me tétanise. Quelque chose se passe en moi : mon cœur accélère, je me vois me mordre les lèvres, m'arracher des petites peaux, mon corps recule, mes épaules se recroquevillent et j'arrête même de respirer.

C'est trop pour moi, c'est absolument déraisonnable, je ne serai jamais capable d'y arriver. C'est comme si je n'étais pas loin de vouloir redessiner *La Joconde* et de l'améliorer mais que je prenais soudainement conscience de mes insuffisances : je ne sais ni peindre, ni mélanger les couleurs, ni ne sais quand faire sécher, ni quand repasser dessus, ni dans quel ordre opérer.

Mais qu'est-ce qui m'a pris d'être si ambitieuse ? C'était très bien, le petit roman que j'avais dans ma tête. Celui qui était dans mes cordes ! Celui pour lequel je venais juste d'avoir une vision claire, un plan, des personnages… Celui que j'étais tranquillement en train d'écrire et dont je venais d'avoir l'assurance que bientôt j'allais pouvoir en boucler le premier jet.

Et là, sans aucune raison valable, je chamboule tout et il me faut faire le deuil de ce roman qui était atteignable, pour me lancer dans un autre qui, en définitive, sera sûrement moins bien…

Il faut que j'arrête d'être prétentieuse, que j'arrête de me regarder écrire ! Tout ça pour prouver que je suis capable, que je suis intelligente, que je vaux quelque chose, que je mérite le succès du premier…

Pourquoi fais-je cela ? Pourquoi suis-je comme cela ? Mais qu'est-ce qui ne va pas chez moi ? Dès que j'ai une ambition, que j'ose le dire à voix haute, je me rétracte et j'ai peur.

Alors voilà, j'avais posé une demi-journée pour préparer ma semaine de congé sans solde consacrée à l'écriture et j'ai passé mon après-midi complètement tétanisée. Incapable d'écrire la moindre ligne. J'ai même commencé un autre roman qui, en vérité, me semble surtout plus facile. Reculer pour mieux sauter !

Louise, mais fouettez-moi !

Chère Louise,
L'ambition n'est pas un gros mot, il n'est pas réservé à certains. D'ailleurs, vous êtes ambitieuse :

vous voulez vous améliorer, ne jamais faire deux fois la même chose, vous voir progresser. Comme une compétition avec vous-même. On peut être ambitieux sans devoir se battre contre quelqu'un ou se comparer avec les autres.

L'ambition, c'est aller chercher toujours plus loin ce que l'on se sait capable de donner. Alors ne vous arrêtez pas en chemin : votre inconscient vous dit que vous êtes capable de faire mieux ! Faites-le !

Madeleine

Chère Madeleine,
Nos lettres se croisent. Ce matin, après une courte nuit de sommeil, je me réveille avec la détermination d'écrire « un tout petit roman ». Un roman de rien du tout, un roman qui ne fait pas peur. Voilà ce que je dois faire pour cette semaine d'isolement et d'écriture intensive à Paris. Je garde mon sujet initial mais pas de pression inutile. Je pars demain m'enfermer dans une chambre d'hôtel pendant que ma mère garde les enfants.

Objectif : avoir fini un premier jet pour pouvoir revenir à temps pour la rentrée scolaire. Avancer comme avant, à tout petits pas, sans ambition aucune. Et une fois rentrée chez moi, à la relecture et réécriture, oui, évidemment, j'essaierai de le tirer vers le haut.

Louise

Chère Louise,
Effectivement, on ne peut pas être en train de l'écrire et en train de *mieux* l'écrire. Une étape à la fois.

5

Chère Madeleine,

Je suis dans ma grotte d'écriture, seule, et le doute est là. Toujours. Je crois qu'il ne me lâchera jamais. Il relit tout par-dessus mon épaule, soupire et me susurre à l'oreille les milliards de choses qu'il reste à faire en si peu de temps. J'ai la sensation que, chaque jour, plus j'avance, plus je recule. J'ai la certitude que j'aurais dû faire complètement différemment : pourquoi ai-je choisi un narrateur omniscient ? Pourquoi l'ai-je écrit au présent ? Pourquoi cette époque ? Pourquoi ces prénoms ?

Si j'arrive à me fouetter, peut-être que j'arriverai à faire mieux que le petit roman que je m'étais promis d'écrire. De toute façon, je ne me laisse pas le choix : à la fin de la semaine j'aurai une première mouture complète.

Je ne fais pas plus long, ne me disperse pas davantage et retourne à mon travail de stakhanoviste. Il ne me reste que trois jours d'écriture si je veux être là pour la rentrée des enfants…

Louise, une page après l'autre.

Chère Louise,
Si c'était si facile, tout le monde le ferait…
Madeleine

Chère Madeleine,
Je suis bien revenue dans les temps et avec un premier jet complet ! On peut le dire et je ne le dirai pas tous les jours, je suis fière de moi !
Allez, je retravaille encore un peu et j'envoie la première version du roman à mon éditrice vendredi. Hâte de savoir ce qu'elle en pense et de commencer à travailler à deux sur le texte. C'est si lourd à porter seule !
Je vous embrasse.
Louise

6

Chère Louise,

Je viens aux nouvelles, vous m'en donnez moins ces temps-ci. Avez-vous pu avancer comme vous le souhaitiez ? Peut-être même le roman est-il déjà fini ? Et comment se passe la relation avec votre éditrice ? Vous venez moins aux conseils, je suppose qu'elle vous prodigue tout ce dont vous avez besoin.

Affectueusement,
Madeleine qui pense souvent à vous

Chère Madeleine,

Je vous remercie pour votre lettre que j'ai tout de suite reconnue dans mon courrier et qui m'a réchauffé le cœur.

Je ne peux pas me plaindre : tout ce que j'ai, je l'ai voulu ; et tout ce qui m'arrive, je l'ai mérité. Mais tout concilier est dur.

Mon travail, pour lequel j'ai été promue et qui m'envoie toutes les semaines en voyage d'affaires. Le bébé numéro 2 qui, depuis que j'ai repris le travail il y a des mois, ne fait toujours pas ses nuits – il est mignon, souriant, je suis heureuse de ce biberon à deux la nuit, mais c'est épuisant. Il y a aussi les invitations à des Salons pour le premier livre, les intervieweurs qui viennent jusqu'à chez moi, et pour lesquels il me faut réfléchir un peu à ce que je vais leur répondre. Et il y a l'écriture de ce second roman…

J'en ai proposé un premier jet très abouti à mon éditrice et… disons qu'elle n'y est pas allée par quatre chemins. J'ai l'impression d'être une moins que rien (d'être une merde pour le dire franchement), et de ne pas savoir écrire. Je lui donne un bout de mon âme et je la vois la piétiner, alors que je suis sûre que ce premier jet n'était pas si mauvais.

Là, j'ai simplement eu droit à un coup de fil de dix minutes, trois semaines après lui avoir confié mon manuscrit : « Oui, il y a une idée, tout y est, mais là, on n'y est pas, mais alors pas du tout ! Il te reste du boulot si tu ne veux pas décevoir tes lecteurs. »

Je me serais attendue à avoir une longue discussion de fond, face à face, où elle m'aurait exposé ce qu'elle a compris et aimé du roman, avec un avis général, les grandes forces et les priorisations de chantiers de retravail. Pas un « Débrouille-toi ! » sans aucune indication précise ni de retour global sur l'histoire.

Le premier jet est un véritable marathon et je sais qu'il y en a un deuxième à courir pour le retravail, et cette fois à la vitesse d'un sprint. Je le sais. Ça fait peur mais j'y suis préparée, j'en suis capable. Il suffit d'appuyer sur mon bouton de motivation.

Bêtement, je me serais attendue à faire ce deuxième bout de chemin moins seule qu'en m'étant autoéditée.

Et la date de lancement qui n'est même pas reculée ! Bref, je suis découragée.

Je vous embrasse fort. Vous me manquez, Madeleine, même si je sais que vous êtes là. Vous êtes toujours là.

Louise

Chère Louise,

Tout d'abord félicitations ! Terminer un premier jet est déjà un Everest, c'est même le syndrome de l'Himalaya : plus on avance, plus le but semble s'éloigner. Alors bravo !

Ensuite, votre éditrice me semble être, excusez-moi de le dire, une conne ! Ou, pire, une incompétente.

Ce que vous ressentez me paraît totalement normal. Quand il soumet sa création au regard et au jugement d'autrui pour la première fois, un artiste est extrêmement vulnérable. Ce dont il a besoin à ce moment-là, c'est d'un retour rapide et honnête qui montre que la vision finale de l'œuvre est comprise, même si elle est encore en construction. Un retour qui élève la conversation à l'objectif, les forces et les endroits où ces forces-là manquent, pour que l'artiste se sente compris, soutenu et puisse continuer à donner toute son énergie, parce qu'il sait désormais qu'il ne s'est pas trompé et qu'il est sur la bonne voie.

J'ai l'impression que votre éditrice aurait besoin d'apprendre l'empathie et la communication non violente, de savoir quand il est nécessaire d'arrondir les angles, d'être présente et à l'écoute, et quand passer aux points concrets qui débloquent et font avancer. Le stress négatif n'a jamais été un allié pour personne.

Et ne succombez pas à la tentation de donner votre texte à lire à un proche.

On n'abandonne pas un bourreau pour un autre. Ne donnez ce pouvoir à personne. Il vous appartient.

Madeleine

Chère Madeleine,
La réécriture du second roman n'avance pas. J'ai posé deux semaines de congé sans solde, je prends du temps le matin et le soir après le travail, les week-ends aussi, mais c'est mission quasi impossible. Je vais devoir encore mettre les enfants chez ma mère et prendre quelques week-ends à l'automne. J'espère que cela sera suffisant.

Je suis épuisée, à cran, mes collègues me disent que j'ai maigri – moi, je vois surtout que la nuit je ne dors plus, je réfléchis –, et mon entourage cherche à m'aider : « Garde bien ton métier, ma fille », « Arrête si c'est trop dur ! », « Personne ne t'a demandé d'en faire autant », « Pourquoi tu t'imposes tout ça », et moi j'entends : « Pourquoi tu *nous* imposes cela ». Ces voix, encore ces voix !

J'ai l'impression d'être un passager clandestin dans ma propre famille, là mais pas vraiment là, très stressée, vidée, toujours à voir ce qu'il me reste à faire, jamais à me féliciter pour ce que j'ai déjà fait.

Je me suis toujours posé beaucoup de questions, mais en ce moment j'ai l'impression que rien ne peut m'aider. Les doutes existentiels sont partout. Combien de temps encore pourrai-je tout concilier ? Un travail à temps plein, une vie de famille, une ambition d'écrivaine. Vais-je devoir démissionner ? Ce serait un échec, un aveu d'impuissance. Je sais que je peux arriver à tout mener de front, mais parfois je me demande surtout quel sens ce travail-là a encore pour moi. Est-ce que je le garde par pure superstition ou par peur que tout s'arrête ? Soi-disant pour rester libre dans mon écriture ? Parce que j'ai tellement bataillé pour avoir cette promotion ? Mais me rend-elle heureuse ? Et mes livres ont-ils vraiment de l'avenir ? Pourront-ils continuer à me permettre de payer mon loyer ?

Pour tout un tas de raisons, je sens que je suis en train de perdre complètement confiance en moi, et en mon propre jugement. Même au travail ! Je vois que je n'arrive plus à m'affirmer, je ne regarde plus les gens dans les yeux, j'évite les situations professionnelles et personnelles dans lesquelles je serais amenée à donner mon avis ou à parler la première. Et je sens que tout cela grandit, grandit, grandit, me ronge de l'intérieur, et je ne sais pas comment faire pour l'arrêter !

Je ne me reconnais pas et cela me fait peur. Je suis en train de donner une image de moi passive, de second plan, sans aucun intérêt. Ou peut-être ne suis-je pas intéressante du tout – moi en tant que personne et à travers mes écrits –, et ce depuis toujours ?

Je suis totalement perdue.

Louise, qui rate même sa signature et se rend compte que son prénom se lit surtout « *louse* ».

7

Chère Madeleine,

J'ai envoyé la semaine dernière la deuxième version de mon roman et je récupère ce matin un manuscrit recouvert de gribouillis illisibles au stylo rouge.

Je voulais certes que l'on annote, mais là… Vous allez me dire que je ne suis jamais contente et que j'en demande toujours trop. Et vous auriez raison.

Je ne comprends rien. Il n'y a pas d'en-tête explicatif en préambule et chaque commentaire est un ordre. J'ai l'impression d'être la gentille exécutante d'un texte qui ne m'appartient plus. « Non ! », « Couper », « Pas utile », « Phrase nominale », « Métaphore », « Répétition ». Et ses « Il faut… » ou « Tu dois… », dégainés chaque fois sous prétexte que c'est un raccourci et qu'elle m'écrit cela pour aller vite. Mais on n'est pas pressées ? Ce n'est pas pour rien que je ne publie que tous les trois ans.

Un éditeur qui te dit : « C'est ça la seule et bonne solution » sans avoir mentionné auparavant qu'il y avait un problème, cela ne me va pas.

J'ai d'abord besoin de savoir quel est le nœud, pour ensuite trouver par moi-même les différentes alternatives et choisir la meilleure. J'aime que mon intelligence soit sollicitée. C'est cela, l'écriture, chercher puis trouver. Le doute, puis la fierté d'y être parvenue.

Dans mon travail, même si je suis passée au comité de direction, j'exécute les décisions du directeur général. Dans l'écriture, c'est hors de question : je veux décider.

Louise

Chère Louise,

Je crois que vous avez affaire à une correctrice ou à une écrivaine frustrée… Pas à une éditrice. Et j'ai la réponse à ma question concernant sa compétence… Là, elle ne vous redonne pas le pouvoir, elle le garde.

Un bon éditeur vous aurait donné les clés, posé le doigt sur les problèmes et vous aurait invitée à trouver les solutions par vous-même. Il ne serait pas passé tout de suite aux corrections ligne à ligne en oubliant de commenter l'histoire ou de partager son ressenti de lecteur. Je suis sûre que vous seriez prête à vous couper la main si elle vous prouvait que vous écririez mieux après. Vous n'êtes pas butée. Simplement, tout ce qu'elle vous dit là devrait être justifié, argumenté et utile.

Un éditeur doit être un complice avec qui l'on dialogue, un partenaire qui prend en compte notre avis, notre vision du texte et nous aide à garder le cap. Encore ce matin à la radio, j'écoutais une émission et la parole était donnée à une éditrice, que je ne connaissais pas, mais qui parlait avec une grande douceur de son travail auprès de ses auteurs. Cela m'a interpellée. Ce qu'elle disait de sa relation avec eux était intéressant. J'ai pris quelques notes en pensant à vous.

« Nous déjeunons souvent ensemble. Nous parlons de tout, rarement du roman en cours. C'est vraiment l'auteur qui vient quand il en a envie, qui me parle de son texte, de ses doutes, des différentes directions. Je ne lis que quand il se sent prêt. Dans un premier temps, j'invite les auteurs et autrices qui travaillent avec moi à lire certains écrivains et écrivaines qui peuvent leur sembler au départ très éloignés de leurs univers, mais qui sont en réalité beaucoup plus proches qu'ils ne l'imaginaient. Ensuite, quand on passe au texte, j'essaie de manière très attentive de mettre l'auteur en tension avec ce qu'il ignore peut-être encore de son propre travail. Quand je sens que cela affleure, que je vois quelque chose de lui que j'aime, et qui lui est essentiel mais pas encore électrisé, je l'encourage à oser, à persévérer dans cette mise à nu. Une relation auteur/éditeur, c'est beaucoup d'écoute, d'échanges. C'est précieux, un tel rapport de confiance. »

Voilà. Vous en ferez ce que vous voudrez. Je me dis même que, plutôt que cette grande solitude qui m'a accompagnée toute ma vie, j'aurais aimé avoir un tel soutien à mes côtés.

Peut-être existe-t-il une éditrice ou un éditeur dans cette maison d'édition plus à l'écoute et plus apte à vous remotiver ? Vous êtes en droit de demander à changer, non ? Et à reculer la date de sortie afin de prendre le temps de l'écrire à votre manière ?

Vous avez raison : vous n'êtes pas pressée. Et construire une œuvre, cela prend du temps.

Madeleine

Chère Madeleine,

C'est très gentil de votre part. Cela me touche que vous pensiez à moi même quand nous ne nous écrivons pas. J'aime la façon qu'a cette éditrice de s'exprimer. Elle est dans la main tendue, dans la nuance. Je sens qu'elle suggère, qu'elle laisse le temps et la place à l'auteur, avec une sorte d'humilité et de disponibilité qui me semblent être la base... En tout cas pour moi.

Mon éditrice est expérimentée. Elle a accompagné des auteurs sensibles sur des textes magnifiques. Mais sont-ils eux aussi passés par là ? Est-ce que cela leur convenait ? Est-ce que cela convient à quelqu'un ? Ou est-ce moi qui suis particulièrement susceptible ? Ou incompétente ? Malheureusement, si on ne s'adresse pas à moi de la bonne façon, je me braque et je ne fais plus rien.

Or, j'ai envie de finir ce texte. Je l'aime. Je veux le tirer vers le haut, mais je ne veux pas souffrir quand une autre voie, quand d'autres mots, d'autres façons de faire sont possibles. Pourtant je sais encaisser. Je le fais tous les jours. Au travail, à la maison. Moi qui pensais être exigeante avec moi-même, je ne suis pas à sa hauteur. Mais je la comprends : elle ne veut pas que j'abîme l'image de leur maison d'édition.

Un roman, c'est une aventure personnelle. Un choix. C'est déjà assez difficile d'écrire, mais de savoir que mon éditrice va faire ses petits bruits de bouche, ses cliquetis de stylo, lire par-dessus mon épaule, faire la moue, pointer du doigt les phrases que je devrais enlever... Toutes celles qui me semblent justes, nouvelles, moi. J'aime ma musique, mes répétitions, mes images, mes « Il est parti avec sa valise et son chagrin ». C'est tout ce qu'elle déteste. Mais, moi, j'y tiens. Parfois, j'ai l'impression qu'elle lisse mon texte, qu'elle me formate, mais je ne sais si c'est pour se conformer à son idée de la littérature ou à l'idée qu'elle a de moi. Dans certains commentaires, je sens qu'elle me pousse vers ce que j'ai déjà fait, et j'ai peur de me pasticher. Je ne veux pas faire deux fois la même chose. Et encore moins écrire comme d'autres.

Je ne suis même pas certaine que ce soit l'amour des mots, des histoires ou de la littérature qui la fait se lever le matin. Elle m'a demandé si j'avais d'autres manuscrits dans mes tiroirs. Comme si je pouvais avoir des livres écrits à l'avance que je sortirais pleins de poussière et que je viendrais présenter aux lecteurs ! Il me faut en parler avec le cœur chaud. Ils naissent toujours de ce que je viens juste de traverser, des questions que je me pose.

Je sens que je vais craquer, et j'entends déjà mes lecteurs me dire qu'ils sont déçus, ma famille me dire que ce n'est pas mon meilleur.

Allez, je retourne dans ma geôle. Me faire fouetter.

Louise, au bord du précipice

Chère Louise,

La véritable question, c'est pourquoi voulez-vous mieux écrire ? Et pourquoi pensez-vous qu'elle sait mieux le faire que vous ? C'est qui l'éditrice, c'est qui l'autrice ?

Ce qui compte, c'est votre voix. Ne perdez pas votre singularité. N'essayez pas d'écrire comme...

Oubliez les maîtres. Restez sauvage, barbare, unique. Vous !

On a tous notre couloir de nage. Il ne faut regarder ni à gauche, ni à droite, mais savoir ce que l'on souhaite faire, s'y donner à mille pour cent, y parvenir et s'en féliciter quel que soit le succès de l'entreprise.

Pas de comparaison, de compétition inutile : il y a de la place pour tout le monde, personne n'écrit comme vous. Votre seul adversaire, si vous devez vraiment en avoir un à qui vous mesurer, c'est vous-même. Et le temps qui vous est imparti.

N'oubliez pas que vous avez des qualités, des choses que vous faites naturellement bien, peut-être même mieux que d'autres. Vous aimeriez mieux écrire, mais combien aimeraient écrire comme vous ?

Je vous embrasse.

Madeleine

Chère Madeleine,

Mon éditrice devait m'envoyer ce matin les toutes dernières petites corrections, le bon à tirer est dans cinq jours, et j'ai failli tomber dans les pommes : chaque page des épreuves était encore annotée de dizaines de changements. Changements qu'on avait déjà passés à la loupe quatre fois. Le patron a lui aussi relu le roman deux fois de plus et m'a fait enlever une image à laquelle je tenais. J'ai l'impression que ce texte ne m'appartient plus, que je n'ai plus mon mot à dire. Je me sens dépossédée.

Je crois que j'aimerais presque que le livre ne se vende pas pour que mon éditrice me dise : « Bon, ça y est, on a fait le bout de chemin que l'on avait à faire ensemble mais il est préférable que nos routes se séparent maintenant ! Place aux jeunes ! Et gardez bien votre métier surtout ! »

Mais je m'en fiche. Je suis un robot qui n'a qu'une envie : finir. Et ne plus jamais revoir ou relire ce texte de ma vie.

Louise

9

Chère Madeleine,

J'ai eu une discussion avec mon éditrice pour que l'on puisse mieux travailler ensemble à l'avenir. Elle a été totalement hermétique à ma requête. Elle m'a même dit : « Mais sans moi tu ne sais pas écrire ! » Alors qu'elle a publié mon premier roman sans rien y retoucher. Bref, je ne sais plus quoi faire, ni comment appréhender les choses. Il me reste un contrat avec cette maison d'édition et j'ai l'impression d'être coincée ! Que faire ? À qui donner le prochain manuscrit ? Je sens que je n'ai pas le choix...

Louise

Chère Louise,

On a toujours le choix. Vous n'êtes pas obligée de continuer à travailler avec elle. Vous pouvez trouver un autre éditeur au sein de cette maison, ou alors vous pouvez carrément partir et rembourser l'avance. Je ne comprends même pas ce qu'elle vous apporte encore ? Et ne me dites pas « mieux écrire » !

Depuis des mois, elle oscille entre maternage excessif et fouettage intempestif. Vous êtes une écrivaine, vous avez commencé seule et vous n'avez pas besoin d'elle. Et j'irai même plus loin, vous n'avez besoin de personne !

On ne peut pas être deux dans la barque de la création, il y va de la maternité de l'œuvre. Vous devez rester seule aux commandes. Fini le doudou ! Fini le fouet ! Reprenez votre indépendance et retrouvez confiance en votre propre jugement. Cela va être dur, vous allez toucher le fond, vous allez devoir travailler deux fois plus, mais tout cela en vaudra la peine. Vous en ressortirez grandie et plus jamais vous n'accepterez un éditeur intrusif.

C'est aujourd'hui que commence votre émancipation. À vous de marquer votre territoire et de poser vos limites. Ce cadre immuable, on ne pourra plus l'enlever, et ce sera votre force.

La liberté, ça ne se décrète pas, ça se prend.
Madeleine

Chère Madeleine,
Je manque de cran ! Je ne sais pas dire, je ne sais qu'écrire. La plupart de mes problèmes pourraient se résoudre par quelques secondes de courage. Écrire ce que l'on n'arrive pas à dire. Ce que l'on a peur de dire. Fut un temps, je pensais n'avoir peur de rien, mais en fait non. J'ai peur de tout. Et si j'analyse l'intégralité de ma vie, j'ai été habitée « par la peur » : la peur d'être malpolie, la peur d'être en retard, la peur de mal faire, la peur de déranger, la peur de rater, la peur de ne pas être à la hauteur, la peur de décevoir, la peur que tout s'arrête, la peur d'être abandonnée. Tout est lié.

Je dois sans cesse surmonter ces peurs. À l'intérieur de moi c'est un chaos continuel que je fais taire à coups de travail acharné.

Je n'ai qu'une trouille, c'est qu'on ne m'aime plus, qu'on n'aime plus mes histoires. Peur que tout ce que je fais ne soit pas suffisant. Peur d'être reléguée, oubliée et de redevenir inutile.

Ne plus faire partie de la vie des lecteurs, alors que eux font beaucoup partie de la mienne.

N'avez-vous jamais peur ?
Louise

Chère Louise,
Je n'ai plus peur de grand-chose. Si, j'ai peur de la mort. De mal mourir, pour être exacte. Mais, dans la mesure du possible, je ne laisserai pas cela m'arriver. Et puis, j'ai peur d'avoir un manuscrit en cours. Mais je n'y peux pas grand-chose alors j'essaie de ne pas y penser.

De toute façon, j'ai toujours eu la conviction profonde que les choses m'arrivaient pour une bonne raison. Pour que je les écrive, pour que je les partage, pour que je les sauve. Je savais que je n'étais pas la seule à vivre certaines injustices, et j'avais acquis une certitude : si je ne les écrivais pas, j'étais lâche. Alors, pour éviter que cela me hante, même si c'était difficile de se raconter soi, je serrais les dents et j'allais le plus loin possible. Parce qu'après avoir écrit cela, je pouvais tout écrire. Sans peur.

Madeleine

Chère Madeleine,
J'ai si peur d'être seule parce que...

Je ne sais pas si on voit à quel point tout cela est ambitieux. Et combien cette ambition est démesurée par rapport à mes modestes moyens. Enfant, j'étais mégalo, surpuissante, mais aujourd'hui ?

Les lecteurs sont de mon côté, mais ils sont bien les seuls. Après, il y a des bons côtés à ne pas être prise au sérieux… Cela laisse une très grande liberté d'expression. Finalement, le fait de savoir que je ne serai pas lue par les critiques permet d'écrire des choses qui n'ont pas été vues, mais que j'ai écrites quand même. Et dont je suis fière. Je ne suis pas sûre que j'aurais pu les écrire si je savais qu'on m'attendait au tournant. Donc c'est plutôt positif, mais cela a des côtés déconcertants aussi. Je sens par exemple que sur cette nouvelle histoire on va me demander comment j'ai pu écrire deux textes si radicalement différents. L'un plus profond, l'autre plus léger. Mais c'est comme la vie : parfois on est léger, d'autres fois on est profond. On ne peut pas être profond tous les jours. Et l'on reste la même personne, qui suit ses envies et ses nécessités.

Alors, je vais en profiter, tant que ça dure, parce que rien n'est éternel. Cela peut s'arrêter aussi vite que ça a commencé. Il faut que je m'y prépare. C'est ainsi.
Louise

Chère Louise,
Tout ce que vous avez aujourd'hui, vous êtes allée le chercher par vous-même. Alors, comme tout ce que vous avez entrepris dans votre vie, cela s'arrêtera quand vous l'aurez décidé. C'est vous qui arrêterez d'écrire quand vous en aurez assez ou quand

vous n'aurez plus rien à dire. Ce ne sera pas un désamour des lecteurs, eux espéreront toujours un nouvel ouvrage.

Et puis, arrêtez d'avoir peur ! Il y a tellement d'autres façons de vivre de l'écriture sans vivre de ses romans.

Madeleine

Chère Madeleine,
Vous avez raison. Il est temps pour moi de prendre mon envol. Et la mésange charbonnière semble être d'accord avec vous. Elle est là, derrière la fenêtre entrouverte, à m'accompagner dans l'écriture par son chant et, parce que c'est un peu un diesel, elle prend son élan, s'y reprend à trois fois avant de me dire : « T'en fais, t'en fais, t'en fais, t'en fais pas, titi ! » Alors je vais essayer de ne pas trop m'en faire.

Louise

10

Chère Madeleine,

Ça y est : le roman numéro 2 a été envoyé à l'imprimerie. Mon éditrice me l'a presque arraché des mains. « Je te connais, tu es tellement perfectionniste que tu vas encore vouloir tout changer ! Non, perfectionniste, ce n'est pas le mot ! » Grrr… Elle ne va pas me manquer, celle-là.

Il sort en librairie dans un mois et demi. J'espère que tous ces efforts, ce retravail ahurissant, en valaient la peine. Mais il ne peut même pas en valoir la peine. S'il marche auprès des lecteurs, je me dirai que ce n'est pas grâce à moi – que ce n'est pas mon texte, c'est le sien –, et s'il ne marche pas, ce sera entièrement ma faute. Après je peux me consoler en me disant que je lui ai tenu tête, que j'ai résisté et que j'ai écouté ma propre intuition : celle de m'éloigner au maximum du premier roman pour ne pas me pasticher.

Je ne suis même pas sûre qu'avec son aide ce livre soit meilleur.

Mais ce dont je suis sûre par contre, c'est que ce texte, je le déteste ! Et pire que tout, je ne veux plus jamais écrire de ma vie.

Louise

Chère Louise,

Stig Dagerman disait : « Personne, aucune puissance, aucun être humain n'a le droit d'énoncer envers moi des exigences telles que mon désir de vivre vienne à s'étioler, car si ce désir n'existe pas, qu'est-ce qui peut alors exister. »

Personne n'a le droit, Louise, d'altérer notre envie d'écrire. Personne.

Madeleine

Chère Madeleine,

Je n'ose vous le demander, mais y a-t-il eu pour vous quelqu'un qui vous a empêchée d'écrire, qui vous a demandé d'arrêter ? Ou était-ce de votre propre gré ?

Louise

Chère Louise,

Rappelez-vous cette histoire de « thèse » que j'avais racontée pour me protéger, parce que, ça, c'était entendable. Déjà au quotidien j'entendais régulièrement : « Tiens, puisque tu ne fais rien, tu ne voudrais pas… » Mais je ne faisais pas « rien ». J'étais en train de lire ! Alors écrire…

Si j'en avais parlé à quelqu'un, cela aurait été par besoin de soutien, pas pour entendre : « Mais pour qui tu te prends ? » Parce que, vraiment, je me prenais pour personne. Et c'est cela le drame. Être personne, quand on croit que tout le monde est quelqu'un, que tous les autres ont le droit d'être quelqu'un. Sauf soi.

Mon mari était le genre d'homme à qui personne n'a jamais dit non. Il était passé de sa mère au foyer (« Oui, mon chéri ? ») à sa femme au foyer (« Oui, mon chéri ? »). Il a hérité de l'entreprise de son père – il avait une sœur aînée, mais les femmes de sa famille étaient depuis toujours exclues du pouvoir et des responsabilités. Le genre d'homme qui cherchait une fille à papa. Une femme docile, féminine, dépendante financièrement, qui aurait vu ce modèle chez ses parents et qu'elle reproduira afin d'être la meilleure fée du logis possible. Manque de chance, il est tombé sur moi !

Quand j'étais enfant, c'était la guerre. Les hommes étaient au front et j'ai grandi uniquement entourée de femmes. Pour moi, c'était la norme. C'était magnifique, le monde des femmes, c'était simple, c'était sain. Mais du jour au lendemain, à 18 ans, quand je suis partie faire mes études à Paris, tout a changé : il m'a fallu vivre dans un autre monde. Tout à coup, je me suis rendu compte que la vraie valeur, la seule qui comptait, c'étaient les hommes, que ceux qui pouvaient tout faire, c'étaient les hommes. Moi, je n'avais pas appris à penser comme cela. Du tout ! Et cela a été un choc ! J'ai découvert que, contrairement à ce que j'avais toujours cru, nous n'existions pas. J'ai découvert qu'on pouvait me couper la parole ou parler par-dessus moi, tout simplement parce qu'ils le pouvaient, ou encore qu'on pouvait me dire que je pensais une chose parce que j'étais une femme, et oublier que je le pensais peut-être parce que c'était vrai.

Dans d'autres familles, plus normales, quand cela ne va pas, quand on n'est pas d'accord, « on se lève et on se casse », comme diraient Virginie Despentes et Adèle Haenel. Mais pas dans sa famille à lui, ni hier ni aujourd'hui. Pas ici. Ici on ne divorce pas, ici on prend sur soi, ici on ne fait pas de scandale, mais une dépression. On boit et on se tait ; on s'anesthésie à coups de médocs et on reste. On serre les dents. C'est comme ça depuis toujours. Ça a été le destin de sa mère. Cela aurait dû être le mien.

« Quand tu gagneras autant que moi, tu auras le droit d'avoir un avis. Quand tu auras autant de responsabilités, tu auras le droit d'être fatiguée ! Alors arrête de te plaindre et occupe-toi de moi un peu ! »

On m'a demandé d'arrêter de travailler. Parce qu'un seul salaire suffisait. Parce que c'était mieux pour les enfants, parce que c'est important, une mère. Il faut qu'elle soit toujours présente pour eux, toujours à la maison, toujours heureuse de les emmener à leurs activités extrascolaires, à superviser l'entretien de la maison, à organiser la vie de famille, les vacances d'hiver, de printemps, les retraites, les camps… Pour que tout tourne bien, que chacun soit content, que tout soit en ordre quand le mari rentre à la maison, que l'épouse soit aimable et douce, que tout soit fait, devoirs, bains, repas. Et l'accueille, le sourire aux lèvres, disponible, épanouie. Comme le chien qui bat de la queue, après avoir attendu toute la journée le retour du maître.

Je ne suis pas docile, je ne suis pas gentille, je ne suis pas aimable, je ne suis pas tendre. Ce n'est pas moi et je ne l'ai jamais été. Je ne cherche pas à être cruelle, insensible, sans cœur ou méchante. On me met dans des situations où je ne peux que décevoir. Ou me trahir.

Quand quelqu'un entrait dans la pièce, je ne m'arrêtais pas de faire ce que je faisais pour dire : « Qu'est-ce que je peux faire pour toi ? Je peux t'aider ? » Non.

La phrase que mon mari répétait le plus était : « Une femme qui sait se taire est un don de Dieu. » Alors le jour où il s'est rendu compte que j'avais écrit un livre et que la publication allait faire sortir sa femme du foyer, cela n'a plus cadré avec ses projets.

D'abord, il y a eu beaucoup d'incompréhensions. Je lui disais : « J'ai besoin de me nourrir. Culturellement, j'ai besoin de plus. » Pourquoi ? « Parce que je suis une intellectuelle. — Une intellectuelle, toi ? » Et son rire résonnait et résonne encore. Effectivement, je n'étais ni Victor Hugo ni Émile Zola, je ne prenais pas encore position publiquement en commentant la vie politique et sociale de mon pays, mais j'étais déjà plus cérébrale, plus penseuse, plus agie par mes réflexions que la plupart des gens. Et j'aurais aimé avoir le droit de le dire à voix haute sans redouter – et sans jamais me tromper – un ricanement ou un haussement d'yeux au ciel. « Mais qu'est-ce qu'il ne faut pas entendre ! » Jamais il ne m'a prise au sérieux. Alors, je ne disais plus rien et nous ne partagions plus grand-chose. Nous étions juste les parents de nos enfants. Pas un couple qui s'encourage l'un l'autre.

« Et puis, tu m'agaces à tout compter ! Qui fait quoi. La parité. À en vouloir à la terre entière. De toute façon, tu détestes les hommes ! »

Non, je ne déteste pas les « hommes », mais j'aime tous les êtres vraiment humains et sincères. J'aime les âmes sensibles qui montrent leur part d'humanité, j'aime ceux qui ressentent, doutent et acceptent leurs émotions, pas ceux qui jugent et savent tout mieux que tout le monde. Alors, oui, je déteste tous ceux qui continuent de vouloir perpétuer des rites d'un autre âge, mais je ne peux pas détester les hommes. Deux sont sortis de mon corps et je les aime plus que tout au monde – mes livres inclus. Ils sont la chair de ma chair et je veux faire en sorte qu'ils comprennent que, avant d'être leur mère et la femme de leur père, je suis un être humain. Une femme qui, elle aussi, a le droit d'être elle-même. C'est la meilleure éducation que je puisse leur donner. Pour qu'ils trouvent leur place dans un monde différent de ce qu'il avait été jusqu'à présent.

Puis j'ai commencé à entendre : « Arrête d'écrire si c'est pour faire chier tout le monde et détruire ta famille ! Tout tourne autour de toi, j'en ai marre de ton égoïsme. Je ne comprends pas ce qui ne va pas chez toi. Tu as tout pour être heureuse. Je t'offre tout, je me sacrifie pour vous ! Mais tu es comme ma mère, tu vas finir folle. »

Alors pour protéger ma vie de famille et mes enfants, j'ai essayé d'arrêter d'écrire. Vraiment. À en vouloir à la terre entière. À ne plus pouvoir lire non plus sans me retrouver à noter. J'ai été très malheureuse. Le plus malheureuse de toute ma vie. J'ai eu des idées noires. Très noires. La lecture et l'écriture faisaient partie de moi, et sans elles la vie avait perdu tout son sel. S'il y a bien une chose que j'ai découverte, c'est que je ne peux pas vivre, pas être heureuse, sans les livres.

Cela a duré un an comme ça. Avec la colère contenue qui grignote le ventre et la tête. Et la solitude. Toujours. J'avais arrêté et mon mari s'était quand même éloigné de moi. Déjà, il en fréquentait d'autres qui étaient moins à cran, plus disponibles, plus jeunes, plus admiratives aussi. Un an sans écrire, sans vraiment vivre non plus, en apnée. Un an de gâché, de perdu.

Et puis, un jour, j'ai repris un crayon, et j'ai tout lâché. Un matin, j'ai écrit un mot pour mes enfants qui commençait par : « *Mes chers enfants, je pars. Je quitte votre père pour être une meilleure mère...* » et je suis partie.

Madeleine

Chère Madeleine,
Alors le livre qui vous a révélée, celui qui a eu tous les prix, c'était vraiment une lettre à vos enfants ?

Comment l'ont-ils pris, une fois publié ? Et n'aviez-vous pas dédié ce livre à votre mari ? Il faut oser, ne pas avoir peur... Je ne sais pas si j'en aurais été capable. Il faut une certaine forme de... courage ?

Louise

Chère Louise,
Pas courageuse, mais lâche !

J'avais déjà, une nuit, préparé mes affaires, écrit une lettre que j'avais déposée pour eux sur la table de la cuisine, mais je n'étais pas partie. La fuite, l'impossible retour, je ne pouvais pas. Je ne pouvais pas leur faire ça. Mais cette fois-là… Ce n'était pas une question d'égoïsme, mais de nécessité. C'était vital. C'était ça ou plus rien ; maintenant ou jamais.

C'est avec le recul que certains peuvent avoir l'impression d'une forme de courage, mais, sur le moment, non. On écrit parce qu'on ne sait pas dire. Ce livre, soi-disant courageux, je l'ai écrit par lâcheté. Parce que je n'arrivais pas à trouver la force de directement changer de vie, de tout faire exploser, de tout envoyer valser. Il y avait les enfants, alors il fallait de bonnes raisons, des raisons écrites et objectives.

Mon mari a lu le livre et nous avons divorcé. Les hommes demandent en mariage, les femmes demandent le divorce. C'est la répartition des rôles à réinventer.

Au tribunal, il a expliqué que cela faisait un an que j'étais folle, que le livre et ma lettre le prouvaient et je n'ai plus eu le droit de voir mes enfants. Je n'ai rien pu faire. Il faut croire que c'était écrit. Croire que c'est ainsi, qu'on ne peut pas tout avoir.

Mes enfants n'ont pas compris. Ils ont cru à un abandon et leur père ne les a pas détrompés. Je crois qu'aujourd'hui encore ils m'en veulent. Mon aîné ne m'a plus jamais adressé la parole. J'ai juste reçu une lettre de sa part, que je connais par cœur et qui me réveille encore la nuit : « *Maman, je te déteste. Tu n'es qu'une sale égoïste qui ne pense qu'à sa gueule. J'aimerais que tu crèves ! De toute façon, on ne mérite pas de vivre quand on abandonne ses enfants.* »

La dédicace à mon mari, je ne l'ai ajoutée que longtemps après. Quelque part, je lui dois de m'être remise à l'écriture et d'avoir trouvé ma propre voix.

Madeleine

« Mes chers enfants,
Je pars. Je quitte votre père pour être une meilleure mère. Pour reprendre ma place. La place que, depuis quelque temps, je n'arrive plus à occuper. Le siège n'était pas vide mais j'étais devenue, je crois, un fantôme. En retrait, silencieuse, éteinte, et chez moi cela est rarement bon signe.

Désormais j'ai l'espoir que les choses changent et pour le mieux. Je ne serai pas la mère parfaite, ne rêvez pas, ni la maman gâteau, mais je serai toujours là pour écouter et rire.

Cela fait longtemps que je ne ris plus. Que je ne chante plus. Que je ne joue plus non plus. Je n'avais plus assez d'énergie. Je veux pouvoir refaire toutes ces choses avec vous. Et peut-être les rater, mais rater mieux. Rater et rire, sans jugement dans vos yeux. Peut-être vous surprendre aussi, et y voir un peu de fierté parfois. M'émerveiller avec vous. Et de vous.

À présent, je veux vivre. Grandir à vos côtés et être libre. Ensemble.

Votre mère qui vous aime. »

Chère Madeleine,
Je ne savais pas tout cela. Je pensais que vous étiez juste séparés. Je m'en veux de vous avoir amenée à me révéler des choses aussi intimes. Vous n'aviez rien dit à la sortie de ce livre, et rien après non plus…
Louise

Chère Louise,
Notre métier, c'est de raconter des histoires. Nous sommes forts pour cacher la vérité, pour faire croire que tout va bien. Comme la carte du bateleur au tarot. Il fait son tour de magie et sourit, en tenant avec son genou une table à trois pieds, mais, s'il lâche, tout s'écroule.

V

« On n'écrit pas pour gagner sa vie ; on travaille pour s'assurer les moyens d'écrire. »

Sylvia PLATH

1

Chère Louise,

Je crois que votre nouveau roman sort ces jours-ci : me trompé-je ? Malgré les derniers jours compliqués, vous devez être impatiente qu'il rencontre les lecteurs pour savoir si vous avez bien fait de vous faire confiance et d'écouter votre voix intérieure.

Les artistes sont des gens très angoissés. Quand ça marche, ils se demandent combien de temps cela va durer, et quand cela ne marche pas, ils se demandent pourquoi. Les jeunes artistes sont rarement satisfaits. Si un livre a un succès critique, ils rêvent ensuite du succès populaire. S'ils ont un succès populaire, ils espèrent un prix.

Vous allez sûrement comparer l'accueil du second roman avec le premier. Sachez qu'en littérature il ne s'agit pas toujours d'une échelle qui monte. Elle peut descendre, aller de travers ou à l'horizontale, et ce qui compte d'ailleurs ce n'est pas tant la montée, mais le chemin. Alors ne laissez jamais un chiffre de vente définir votre valeur et faites confiance au temps et aux lecteurs.

Je vous embrasse.
Madeleine

Chère Madeleine,

Je vous remercie pour votre lettre. Vous avez su deviner en moi une intranquille qui cogite beaucoup.

Il semblerait que le livre prenne un bon démarrage et trouve son public. Peut-être ne me suis-je pas trop trompée, ni n'ai-je tant trahi les lecteurs, même si j'ai eu parfois l'impression de me perdre en chemin.

La promotion pour le roman est intense, plus encore que pour le livre précédent. Beaucoup de Salons et signatures en librairies dans toute la France.

Alors quand je rentre à la maison, je suis une loque. Et au « Comment ça s'est passé ? Raconte ! », je ne peux pas répondre. Je n'en ai pas la force. Les dédicaces, puis les six heures de ce retour interminable avec changements de gares ont fini par m'achever. Quand je passe la porte de chez moi, je ne suis plus l'autrice dévouée et souriante, je redeviens un être humain épuisé, qui a tout donné et qui veut juste aller se coucher. Ne plus parler ni répondre aux questions. Alors je réplique un simple « bien », et mon mari tourne les talons en soupirant.

Ce n'est pas que je veuille le laisser hors de cette vie supposément pleine de paillettes, ce n'est pas de la mauvaise foi ou de la fainéantise, c'est juste que si j'avais été seule après ce Salon, je n'aurais appelé personne pour raconter non plus. Je me serais directement mise au lit, sans manger, sans regarder la télé ou lire un livre. Pour en finir avec cette journée intense, dont je ne sais rien, dont je ne comprends rien moi-même, et qui aura besoin d'être décantée pour que je mesure l'extraordinarité de ce que je viens de vivre.

Et le pire, c'est que le lendemain je ne suis pas plus loquace, quand je passe ma journée accrochée à ma tasse de thé, en silence, à regarder les oiseaux dans les arbres.

Pourquoi suis-je comme ça ? Pourquoi n'arrivé-je pas à prendre sur moi ?

Louise

Chère Louise,
Je ne crois pas que ce soit de la paresse. Et ces trois jours à signer sans interruption vous montrent bien que vous ne rechignez pas à l'effort ou au don de soi pour faire plaisir aux autres. Si on ne peut plus être soi chez soi, si on ne peut plus y retrouver la possibilité de se ressourcer, d'être comprise et d'être naturelle, cela devient problématique. Mais il faut peut-être mieux expliquer. Tout cela est nouveau après tout…

Quand vous passez des heures immobile, supposément passive, en réalité, c'est une manière de travailler. Faire remonter les choses, se laisser imprégner par la beauté et par l'énergie du monde, c'est permettre de ressusciter un souvenir. C'est une plongée en soi, dans son inconscient, qui permettra aux mots, une fois devant sa feuille, de sortir avec justesse et dans un ordre précis. Par quel miracle ? On ne le sait pas. Notre corps s'en souvient. Ce n'est pas de la magie, c'est une forme d'intelligence émotionnelle et d'empathie. Plus on s'autorise ce genre de rêverie passive-active et plus on devient poreux dans la vie ; plus on se laisse pénétrer et plus cela remonte facilement. Pendant que je vois, j'écoute. Le corps est ouvert à cette musique intérieure-extérieure. Si on l'empêche, tout devient silence, et on ne sait plus rien du monde. C'est comme cela que l'on sait viscéralement ce qui se passe derrière des portes fermées. On l'a déjà vécu, entendu, c'est imprimé en nous, et à ce moment-là, cela peut remonter. Il y a la mémoire, certes, mais le corps aussi réagit.

Convoquer ces sensations permet en retour de réveiller de grandes émotions chez les lecteurs, rappeler qu'ils ont eux aussi vécu cela par le passé. C'est aussi être en relation avec les autres, le plus-que-moi. L'écrivain a d'abord été profondément touché, intimement, personnellement, par ses propres malheurs ou ceux des autres, il peut alors les reconnaître, les transformer en quelque chose de beau, et les partager avec les autres.

Madeleine

Chère Madeleine,
Je vous remercie d'essayer de me rassurer. Je ne suis pas certaine que cette rêverie va convaincre quiconque de mon entourage que c'est du travail, mais c'est vrai que j'ai toujours été dans l'observation, dans cette forme de retrait par rapport aux groupes. Petite, déjà, j'espionnais les adultes, cachée parfois derrière les portes. À essayer de comprendre, à écouter pour apprendre.

Dans mon enfance, j'avais une sensibilité qui débordait de partout et que j'étais incapable de contrôler. Elle m'isolait déjà et me handicapait beaucoup dans mes relations sociales, me faisant réagir de manière complètement étrange par rapport aux autres. Mon visage rougissait à la moindre émotion, tout se lisait sur mes joues, c'est peut-être pour cela que je me cachais et que je préférais rester à l'écart.

Je me souviens très bien de la toute première fois où je me suis sentie complètement anormale. C'était au théâtre. Nous y étions allées avec deux amies. Je devais avoir 18 ans. C'était une pièce contemporaine, sur une écrivaine d'ailleurs, qui était en couple avec un écrivain qui n'écrivait plus. Bref, pour l'aider, elle lui donne son roman afin qu'il le publie sous son nom à lui. C'est un énorme succès, elle sombre dans une dépression profonde, et la pièce s'achève par une scène qui me hérisse encore les poils. Elle ouvre tous les placards de sa cuisine, sort tous les produits ménagers qu'elle trouve et les aligne devant nous sur scène. On peut reconnaître une douzaine de Destop, de la javel et d'autres produits surpuissants à la soude qu'elle se met à boire cul sec, les uns après les autres. On voit le liquide qui dégouline de sa bouche, les larmes qui coulent de ses yeux tellement c'est infect, tellement c'est triste, et on voit les soubresauts de son corps et de sa gorge qui luttent. J'ai alors bondi de mon siège pour l'arrêter et naturellement personne d'autre dans la salle n'avait fait un tel mouvement. C'était trop fort pour moi. Il fallait l'en empêcher. Bien sûr, mes deux amies étaient émues, elles attendaient la suite, mais aucune d'elles n'avait éprouvé le besoin de se précipiter sur scène pour arrêter cette femme en train de se suicider. J'y pense souvent et cela me tord encore le ventre.

Et je ne vous parle pas des compétitions sportives, lorsque le champion franchit la ligne d'arrivée… Lui est simplement heureux, et moi je suis en larmes, alors que je ne le connais même pas !

Ce débordement d'émotions est tout sauf facile à gérer.

Ressentir tout ce que les autres ne disent pas, être triste sans savoir pourquoi, voir que celui-là n'est pas heureux et être sûre que celle-ci nous regarde différemment aujourd'hui avec la certitude qu'elle nous en veut de quelque chose, mais de quoi ?

Ces bruits que personne n'entend mais qui nous réveillent en pleine nuit, cette lumière invisible pour le commun des mortels qui empêche littéralement de trouver le sommeil, les insomnies qui s'invitent régulièrement, le cerveau qui tourne tout le temps et ne s'arrête jamais, les cinq sens toujours en éveil, qui observent, analysent, ressentent tout avec une intensité simultanée… Tout cela est épuisant. Et être seule ainsi dans une famille, cela n'aide pas.

Je sais désormais que l'on ne peut pas se protéger uniquement quand cela nous arrange. Que c'est un tout. Qu'il faut vivre avec. Il faut accepter de se laisser pénétrer constamment ou alors il faut mettre une carapace, et consentir à ne plus ressentir grand-chose. Les émotions sous cloche, le cerveau qui tranche seul et l'empathie qui disparaît. Il n'y a pas de juste milieu : c'est tout ou rien.

Alors, on met les gens à distance, on survit en société, on fait comme on peut. On se retrouve à adopter des postures d'introvertie alors que l'on n'est pas si sauvage, mais le monde extérieur fait bloc. Et fait peur.

Parfois, malgré tout cela, on ne se protège pas assez. Cette porosité me fait penser à une histoire que j'avais totalement oubliée. Je boite depuis six mois, je suis allée voir une réflexologue qui m'a dit en me touchant un point hypersensible du pied droit que j'avais « le foie poreux ». J'ai cru qu'elle m'accusait d'alcoolisme. « Non, m'a-t-elle rassurée, vous vous laissez transpercer par les émotions des autres, vous prenez tout, vous ne filtrez rien, et c'est fatigant. » Puis, appuyant très fort sur mon pied, elle a ajouté : « Et douloureux. » Je ne crois pas du tout à cela, je suis très cartésienne, et j'ai d'ailleurs cru que c'était le genre de charabia qu'elle sortait à tous ses patients. Mais apparemment non… C'est curieux comme le corps sait. Comme il réagit à notre place quand on ne veut pas l'écouter.

Louise

Chère Louise,

Quand on est sensible, n'est-ce pas pour cela que l'on choisit un métier artistique ? Pour mettre ses émotions au service de quelque chose que l'on espère utile aux autres ?

Cette hypersensibilité peut être pesante, mais c'est un don. Je me souviens d'une conversation avec mon fils aîné qui voulait prendre rendez-vous chez le médecin pour se faire désensibiliser. Pas pour des allergies, pour le cœur. Il était très malheureux d'être continuellement envahi par des tornades d'émotions. Il voulait se débarrasser de ce « fardeau », comme il disait. Je me souviens lui avoir dit : « Cette hypersensibilité, tu n'en as pas hérité pour rien. Un jour, tu devras en faire quelque chose. Ce sera peut-être ton métier, ou peut-être que ce sera pour aider quelqu'un comme toi à mieux se comprendre, quelqu'un qui pense que c'est un défaut, alors que, bien utilisé, c'est une chance. » Il est devenu réalisateur et, dans son travail, il a un regard très juste. Il a toujours la bonne distance, la bonne façon de saisir une vérité, sans trop en faire. Je crois qu'il a su faire quelque chose de ce don. Il fait surtout des documentaires sur les femmes, qu'il part filmer aux quatre coins du monde.

Mon second fils, quant à lui, est devenu producteur de musique et compositeur. Il a créé de très beaux morceaux. Quand je les écoute, cela me ramène à ces moments où j'écrivais dans mon bureau et où il s'installait au piano à côté de moi pour jouer. Debussy, Satie, Chopin...

Quand je réécoute ces artistes, il y a toujours une grande mélancolie qui s'empare de moi, et cela m'est très difficile d'écouter jusqu'au bout. Je me dis que, au moins, j'ai assisté à la naissance de sa vocation.

Madeleine

2

Chère Madeleine,
J'écris. J'avais dit que je ferais une pause, mais je n'y arrive pas. Je lis un livre et je me vois prendre des notes pour un projet de roman. Je ne savais pas que j'étais enchaînée à ce point au crayon et au papier, comme un élastique qui me ramène toujours, quoi que je fasse, à l'écriture. Je crois que j'ai besoin de ça pour être heureuse. Pour être moi.

L'écriture a changé mon rapport au monde. Dans ma façon de me présenter aux autres, notamment. C'est comme une forme d'adéquation : tout à coup, on se sent alignée, à sa place. Comme si le calque était enfin au bon endroit.

Depuis toute petite, je sentais que c'était ma voie, que je devais être écrivaine, mais je l'avais étouffée et je m'étais résignée à ce que cela ne soit pas pour moi. Pas ma vie. Et pour la première fois, ma conviction intime est validée par le monde réel. C'est un tel soulagement, une telle révolution intérieure que tout en est bouleversé.

Je suis bien dans l'écriture, mais elle empiète sur ma vie de couple et sur nos discussions à table.

« Tu avais dit qu'après ce deuxième roman tu ne voulais plus jamais écrire de ta vie ! Et là, tu écris à nouveau ?! Tu as vu le rythme que cela impose déjà ? Tu n'es pas seule, tu sais. Pourquoi tu fais tout ça ? Personne ne t'a rien demandé. »

La première fois, oui, c'est vrai, personne ne m'avait rien demandé. Mais aujourd'hui si, on me le demande. Et pas mes éditeurs, les lecteurs. Je l'entends chaque fois cette phrase : « Surtout n'arrêtez pas d'écrire ! On attend le prochain. »

« Mais tu me parles d'inconnus ! Vous ne vous connaissez même pas. Qu'est-ce qui est le plus important ? Eux ou nous ? Qui t'a demandé d'écrire autant. Personne. »

Moins ce serait un faux rythme pour moi. Je suis une impatiente, je me lasse vite et je me connais, si j'ai trop de temps, je vais écrire trois livres et aucun ne sera abouti.

« Pourquoi tu t'infliges ça ? Pourquoi tu nous infliges ça ? Tu as un travail, j'ai le mien, tout va bien. Tu serais moins stressée, on serait tous plus apaisés, si tu faisais une pause, si tu arrêtais de nous faire subir cette pression-là. »

Je ne sais pas. Mais je sais que j'en ai besoin. Pour vivre un peu plus. Pleinement. Totalement. Je ne veux pas être une Jeanne Dielman. Pas être une simple ménagère qui n'a un impact fort et une utilité qu'au sein de sa famille. Et si je veux en faire mon métier ?

« C'est nouveau… »

Si c'est cela qui me rend heureuse ?

« Et nous ? »

Madeleine, je n'arrête pas d'y repenser. N'a-t-il pas raison ? Les phrases résonnaient encore si fort en moi ce matin. D'habitude, après une bonne nuit de sommeil, j'arrive à y voir plus clair. Là, non.
Louise

Chère Louise,
La difficulté avec les proches, c'est d'arriver à trouver ces moments de solitude fructueuse, où on est enfin seule avec soi-même et où on peut être toute à notre tâche. Et le problème, c'est que cela prend du temps d'écrire. De *bien* écrire.

On ne vous pardonne pas de vous absenter comme cela de vos devoirs, de vos obligations. D'être là, dans la maison, à table, mais de ne pas être vraiment là. Manger avec son roman, dormir avec son roman, rêver à son roman. Ne penser qu'à ça. Comme une passion amoureuse. C'est très compliqué à gérer, si on ne veut pas être cruelle, s'entend. Alors oui, c'est dur pour l'entourage. Il ne comprend pas. Il se sent délaissé. Il a de la patience, mais jusqu'à un certain point.

Après je ne suis pas sûre que vous ayez le choix : on n'arrive jamais à arrêter d'écrire si on ne l'a pas décidé. On arrête d'écrire des romans à la machine et on se retrouve à écrire des lettres à la main, à dicter ses pensées, ou à tenir un journal.

Pourquoi passer tant de temps de sa vie à écrire des romans ? Pourquoi continuer à retravailler des phrases sans cesse ? Tout écrivain assidu passe ses journées à se le demander.

Nous pourrions faire tant d'autres choses de notre existence : lire, aller au cinéma, écouter de la musique ou une émission de radio, faire une promenade ou carrément faire le tour du monde. Toutes ces choses qui sont possibles et accessibles, que d'autres font d'ailleurs, nous pourrions les faire aussi et serions peut-être même plus heureux. Mais encore faudrait-il s'y autoriser ?

Sauf que…

Quand il y a nécessité et urgence, l'écriture devient un grand amour. On a hâte de le retrouver, il nous obsède, plus rien d'autre ne nous intéresse. Cela emporte tout. On n'a pas le droit de le dire, personne ne comprendrait, mais tous les artistes qui ont consacré leur vie à leur œuvre ont vécu de cette façon-là. En ne pensant qu'à ça. C'est le cas de toute personne qui est animée par sa passion.

On guette le moment où l'on va pouvoir s'extraire du monde, s'enfermer dans le silence et la solitude pour retrouver la joie de la page blanche qui noircit, le plaisir de la création qui se met en branle et qui avance pas à pas. On retrouve le bonheur de vivre dans un monde que l'on a créé de toutes pièces.

On ne peut écrire que dans une solitude radicale, en retrait. Ne serait-ce que parce que, pour se transporter dans un pays étranger, il faut quitter le pays où l'on est. Et quand on écrit, on est effectivement à l'autre bout du monde. On a la tête dans la maison, mais on n'y est pas.

La solitude dont a besoin la personne qui s'engage corps et âme dans l'écriture est rarement supportée par l'entourage. Ce n'est pas agréable d'être dans la même pièce que quelqu'un qui est lui à l'autre bout du monde. Les proches en pâtissent, il y a souvent des représailles. C'est inévitable. On en parle très peu. Être absorbée dans une aventure intérieure – à l'intérieur même du cercle familial – cause toujours des dommages. C'est une réalité passée sous silence parce qu'elle n'a rien de glorieux. C'est au-delà du bien et du mal, de l'amour ou de la morale. On est dans la folie de la liberté.

Madeleine

3

Chère Madeleine,
Ma vie d'écrivaine est devenue une lutte constante pour avoir du temps. Du temps à caser entre le travail, la famille, les amis…

Je me vois devenir méfiante, mettre en place des stratégies, avoir des réflexions que je n'avais pas auparavant. Ils ne se rendent pas compte : tous viennent se « brancher » sur moi et, moi, j'y perds le peu d'énergie et de temps que j'avais.

Au travail, l'*open space* est une horreur. Aucune frontière, aucune barrière, aucune porte, aucun silence, aucune protection, aucune échappatoire. « Pourquoi mets-tu tout le monde à distance ? » me demande-t-on alors que j'essaie de finir une analyse. Comme tous, je n'ai que vingt-quatre heures dans ma journée, mais, contrairement aux autres, j'ai deux métiers, si ce n'est trois. Chaque journée est chronométrée. Je n'ai pas une minute de plus. Alors il ne faut pas qu'un bruit ou qu'une sollicitation imprévue prenne le pas sur le reste. Rien entre mon objectif et moi. Chaque journée est rentabilisée. Je ne pourrai jamais faire les choses à moitié, je ne pourrai jamais rendre un travail inachevé, incomplet, approximatif, sous prétexte que je n'ai pas eu le temps. Parce que ce temps, je l'avais et je l'ai gâché. Ou alors, ce temps, je l'avais et on me l'a volé.

Alors je fuis les voleurs de temps. Qui peut s'autoriser à s'approprier le temps des autres ? Qui peut laisser un autre lui prendre ce qu'il a de plus précieux ?

Je me rends compte que je me suis mise à classer les gens en deux catégories. Ceux qui veulent me voler mon temps, et les autres. Ceux qui attendent quelque chose de moi, et les autres. Ceux qui peuvent me faire du mal, et les autres. Je choisis toujours « les autres ». Et avant de décider, je mets à distance.

Pourtant, je ne suis pas agoraphobe. Je suis même très sociable – vous me verriez en Salon, je suis comme un poisson dans l'eau ! Mais en ce moment, même les dîners avec des amis me semblent insurmontables, et je préférerais rester à la maison avec un bon livre ou une émission de radio. Je me fais violence, je me sermonne et je me dis : *Tu ne vas pas encore faire ton asociale, vas-y, prends sur toi. Ça te fera du bien.* Et j'y vais, et je me vois prendre un verre. Je bois pour être agréable aux autres, pour sourire, pour rire.

Je ne me reconnais pas et je me fais peur.

Depuis toujours pourtant l'écriture est du temps volé. Quand je m'échappe quelques jours pour m'isoler, je vole du temps à ma famille, à leurs vacances, à leurs rires. Quand je prends le train pour me rendre à un Salon, je vole du temps à leurs week-ends, à leurs compétitions sportives que je rate. Quand j'écris à la maison pendant la sieste du dernier, c'est du temps que je continue de voler à l'entretien de la maison qui m'attend, aux courses, à la cuisine. Mais, au bout du compte, tout ce temps alloué aux contraintes matérielles, c'est du temps volé à *moi*. À ma passion, à ce pour quoi je suis faite, à ce qui me rend heureuse.

Pourquoi est-ce que je l'accepte, alors qu'il n'y a rien de plus important ? Alors que cela m'est vital ?

Pourquoi ai-je le sentiment de ne jamais être là où je devrais ? Pourquoi tant de tiraillements ? Pourquoi ne me sens-je plus libre, ni de mon temps, ni de mes pensées, ni de mes actions ? Toujours un petit juge intérieur pour me faire culpabiliser, me faire avoir honte.

Alors, je *me* vole du temps et j'écris la nuit. Pas le choix. Mais combien de temps encore pourrai-je tenir comme cela ?

Au moins, la nuit m'appartient. Je suis seule avec mon crayon, mon carnet, et le livre s'écrit devant moi. Pas de bruit ou de compagnie, sauf deux chouettes hulottes. Le mâle et la femelle qui se répondent. J'adore savoir que je ne suis pas la seule à être debout à cette heure-ci. L'écriture, quand tout le monde dort, est un cadeau. Rien ne peut l'arrêter tant que la nuit ne s'arrête pas. Personne pour interrompre le face-à-face avec soi.

Mon bureau a quatre murs bleu nuit. Il est petit, mais je l'adore. C'est un cocon. J'ai l'impression d'entrer en moi. Je sens d'ailleurs que les textes qui vont sortir de cet antre seront différents des précédents. Plus intimes. J'ai déjà trouvé mon sujet, enfin, c'est plus lui qui m'a trouvée.

Je m'y installe avec une tasse de thé bien fort. Dans ce havre de paix et de silence, même mon ordinateur ne me fait plus peur.

Je suis bien là. Je pourrais y rester toujours.
Louise

Chère Louise,
Il me semble que vous faites au mieux pour protéger à la fois votre famille et votre écriture. L'écrivain, par ambition – et pas tellement par narcissisme –, est égocentrique. Tout tourne autour de sa pratique : son agenda, son coucher, ses voyages, ses sujets de conversation. Moi, moi, moi. Alors les relations humaines et sociales, la vie personnelle, amicale, amoureuse, tout cela peut être vécu comme un ralentissement, voire une perte de temps. Parce que, ce temps, on ne peut plus l'allouer à ce qui serait nécessaire. Tout autre est perçu comme un empêchement sur le chemin entre soi et ce que l'on a à accomplir.

Même s'ils restent les êtres les plus importants de notre vie, les enfants peuvent être considérés comme des rivaux. Surtout lorsqu'ils sont jeunes et qu'ils demandent toute notre attention, tout notre temps disponible.

C'est un dilemme dans lequel sont pris de nombreux parents. C'est très difficile de devoir tout mener de front, d'autant que les deux se font la plupart du temps conjointement : on publie son premier livre alors qu'on vient de donner naissance à un enfant. Mais ce n'est pas un hasard, la maternité est bien souvent le révélateur du désir d'écriture qui jusque-là était resté enfoui.
Madeleine

Chère Madeleine,

Le problème n'est évidemment pas mes deux fils mais plutôt la vie que cela induit d'avoir des enfants.

Rien que les vacances scolaires. Toutes les six semaines ! Et les maîtresses qui, en juillet, ne nous souhaitent pas « Bonnes vacances » mais « Bon courage » ! Tout est dit ! La Toussaint, par exemple, c'est tout sauf un allié pour faire avancer un roman commencé l'été.

Et je ne parle même pas du mercredi et des activités extrascolaires. Faire le taxi force évidemment à tout arrêter. On cale net dans l'élan que l'on avait déjà du mal à instaurer et il est ensuite très difficile, voire presque impossible, de reprendre derrière.

Et je ne dirai rien sur les enfants qui tombent malades tous les mois, à tour de rôle, sinon ce ne serait pas drôle, et pour lesquels naturellement on arrête tout pendant deux jours, prenant notre mal en patience, tandis qu'une petite voix intérieure anticipe déjà les réprimandes du patron ou celles de l'éditrice.

Mais je sais que ce n'est pas à eux qu'il faut en vouloir, c'est le processus même de la plongée en soi qui n'autorise aucun écart. Il n'y a qu'à voir le matin, la longueur de la mise en chauffe : je commence à 8 h 45/9 heures et ce n'est que vers 10 h 45/11 heures que je suis complètement absorbée, dans mon monde parallèle, en transe. Alors hors de question de m'arrêter pour déjeuner. Je continue jusqu'à épuisement ou faim. Souvent, c'est mon ordinateur qui dit « stop » en premier. De toute façon, j'arrête tout à 16 heures pour aller les chercher.

Il faudrait écrire tous les matins de sa vie, sans jamais faire d'exception, sans jamais s'arrêter pour des vacances, des week-ends ou des mercredis, et c'est difficilement compatible avec une vie dans laquelle on s'occupe de ses enfants.

Bref, ils n'y peuvent rien, les pauvres, mais une vie saucissonnée, ça n'aide pas à créer.

Louise

Chère Louise,

Cela me rappelle des souvenirs. Je me souviens que j'ai longtemps vu mes enfants comme des adversaires. Je les repoussais et gardais la porte de mon bureau fermée comme un cerbère. À parfois m'exiler pour qu'ils m'oublient, pour qu'ils ne me demandent plus rien, pour ne plus entendre « Mamaaaan ! » jusqu'à ce que je cède.

Quand on a des enfants, on perd une part de sa liberté, alors qu'on en bénéficiait toute notre enfance, adolescence et vie de jeune femme sans nous en rendre compte. Et en neuf mois, on ne s'appartient plus vraiment, notre temps nous échappe, tout est à partager. Il ne faut pas croire aux miracles : les débuts sont très durs.

En ayant des enfants, j'ai quand même l'impression d'avoir accompli quelque chose de l'ordre du vivant. Alors que, si le hasard en avait décidé autrement, j'aurais très bien pu ne pas en avoir du tout.

Évidemment, aujourd'hui, c'est un constat amer.

Madeleine

4

Chère Madeleine,

Je fais tous les efforts du monde pour épargner mon entourage, pour que l'écriture ne change rien à leurs vies : je suis là à la sortie de l'école, j'écris la nuit, je me couche à des heures indues pour quand même avoir un moment à moi dans la journée et me nourrir intellectuellement. Bref je m'use la santé, abîme mon sommeil et prépare ma perte et pourtant au travail, à l'école, à la maison, j'entends les soupirs, devine les petites phrases retenues.

Alors, quand on me dit : « On ne te suffit plus, c'est ça ? », je trouve cela très injuste.

C'est vrai, l'écriture prend beaucoup de place dans ma tête, mais je n'ai jamais été une femme sans projet. J'ai toujours eu un travail prenant, des responsabilités, des promotions, des envies de plus, de l'ambition pour moi-même et pour les autres. Je ne veux pas passer à côté de ma vie. Ni la sacrifier. Elle m'a remise un jour sur les bons rails, je ne veux plus en sortir.

L'écriture, c'est ma vie : une vie dédoublée, plus intense. Je sens que je suis faite pour cela depuis toujours, mais une fois certains choix de vie faits

– travail, mariage, enfants – a-t-on encore le droit d'être soi ? A-t-on encore le droit de ne pas se résigner à être celle que l'on devait être, le droit d'avoir une ambition individuelle ? Ou doit-on être toujours présente, disponible, à faire passer les autres en priorité ?

La base du couple et d'une famille, c'est l'amour. Aimer, c'est vouloir que l'autre s'épanouisse aussi, c'est se donner cet espace à chacun pour grandir à deux, à quatre.

Et lui de conclure : « *Loving you is a losing game.* »
Louise

Chère Louise,
Il faut accepter de décevoir.

Pour repousser certaines limites autour de nous et ne pas nous laisser enfermer, nous nous devons de déplaire. Chacun attend quelque chose de nous et rarement la même chose, d'ailleurs. Alors il faut savoir dire NON, et s'y tenir. Pour se protéger, protéger sa passion, protéger son temps que personne ne doit nous voler. Et essayer, déjà, de ne pas se décevoir soi.

Madeleine

Chère Madeleine,
Je lutte avec cette incapacité permanente à être au monde, et j'en ai marre.

J'en ai marre d'être une personne décevante, marre de ne pas être à la hauteur, marre que ce ne soit jamais suffisant, marre de ne pas pouvoir être juste moi, marre d'avoir peur de me faire réprimander comme une enfant, marre de me faire engueuler comme si j'avais fait une bêtise, marre d'avoir l'impression de n'avoir que des défauts.

Je ne suis pas comme les autres, c'est un fait, et j'en suis la première désolée. Je n'aime rien de ce que les gens normaux aiment. Je n'aime pas les vacances, les fêtes, les voyages. Je n'aime pas le sucré, le café, les bonbons, les gâteaux, les sandwiches, les salades, les régimes. Je n'aime pas les manèges, les cirques, les parcs, la plage. Je n'aime pas me baigner, pique-niquer, courir. Je n'aime pas inviter les gens chez moi, ni à manger ni à dormir – que personne n'entre tout court. Je n'aime pas la technologie, les réseaux sociaux, tout ce qui va trop vite, tout ce qu'on appelle « le progrès ». Je n'aime pas les parapluies, les valises, les sacs à main, les talons hauts, tout ce qui restreint le corps et le mouvement, tout ce qui entrave et ne rend plus libre. Je n'aime pas qu'on essaie de me prendre dans les bras, même pour me consoler. Je n'aime pas qu'on me dise ce que je dois faire, qu'on me dise ce que je suis censée aimer, qu'on me dise que ce que je fais ne se fait pas. Je n'aime rien, je m'en rends bien compte, et en plus je suis incapable d'obéir, de me forcer, ou d'entrer dans le rang.

C'était déjà comme ça étant petite, mais cela semble devenir de plus en plus gênant pour l'entourage les années passant. Et c'est vrai, les autres femmes sont toujours « plus » : plus affectueuses, plus câlines, plus gentilles, plus douces, plus tendres, plus polies, plus réservées, plus distinguées, plus modérées, plus sages. Et moi, je suis toujours « moins ». Même mon groupe sanguin est négatif.

Il y a une résistance impossible à abattre à l'intérieur de moi. Et même moi je n'ai pas la masse pour faire tomber ce mur.

Ras le bol de ne pas être normale !
Louise

Chère Louise,
Je vous remercie pour votre lettre sincère et émouvante. J'aimerais vous rassurer, vous dire qu'un jour vous serez comme les autres, mais ce serait vous mentir. Cela ne se passe pas comme ça.

Je ne crois pas aux signes astrologiques, au destin prédéterminé ou aux forces qui nous pousseraient malgré nous, mais je crois à la personnalité unique et innée de chaque individu.

Le signe du Lion serait égoïste *pour* la communauté : ils sont perçus comme égocentriques, alors qu'en réalité leur seule ambition est la vérité et la justice, agissant toujours dans l'intérêt général, et pour une cause qui les dépasse. Je ne sais pas si vous êtes Lion, moi je ne le suis pas, mais je m'y reconnais.

De même, les écrivains sont réputés égoïstes. Mais ils n'écrivent pas pour eux. Ils écrivent pour les autres. Pour être lus et faire avancer le monde.

Parce que lire peut changer les choses. Lire, ce n'est pas un état d'esprit, c'est un état d'espoir. Une génération qui lit est une génération de sauvée et qui nous sauvera. Une génération qui lit est une génération qui pense, réfléchit, questionne le monde, doute, écoute, veut comprendre, est prête à changer d'avis, respecte les différences, montre de l'empathie et de la sensibilité. De l'humanité tout simplement.

Comment survivrait-on à la bestialité du monde, aux injustices, à l'actualité si on n'avait pas les livres pour nous rappeler que ce n'est pas toujours le mal qui gagne ? Qui pour nous rappeler qu'il existe une autre voie que la guerre, le pouvoir, la compétition, l'argent ou le progrès infini ? Qui le saura ? Qui s'en souviendra encore s'il n'y a plus les livres ?

Les livres ont un pouvoir, ils ont un impact, on n'en sort pas indemne. La littérature, ce n'est pas gratuit. Cela coûte, cela déplace, cela transforme, parfois de manière imperceptible mais toujours profonde. Un livre change celui qui l'écrit mais aussi celui qui le lit.

« Pourquoi continuer à écrire malgré tout ? » Parce que la lecture peut sauver, on n'écrit pas pour moins. Oui, c'est très ambitieux, mais on ne met pas sa vie au service d'une cause si elle n'est pas juste, pas importante.

Alors, oui c'est dur, oui on peut se demander pourquoi l'on s'inflige cela, mais on ne le fait pas pour nous. Et nous, on le sait.

Madeleine

Chère Madeleine,

Je vous remercie pour vos mots qui me réconfortent et m'éclairent. Je crois que je commence à comprendre…

Je suis un chat. Tout ce qu'il y a de plus normal pour un chat. Mais un chat qui se sent mal car on attend de lui qu'il soit un chien. Qu'il fasse la fête aux invités, qu'il aille faire de longues balades en laisse, qu'il aille se baigner dans la mer, qu'il aboie, qu'il reste au panier et surtout qu'il arrête ses petites manies de chat : grimper aux arbres, chasser les souris, se faire les griffes, fuguer la nuit, fuir les caresses, rester seul…

Si seulement on n'attendait rien de moi, rien de plus que ce que je puisse donner. J'échoue tous les jours à être celle qu'on attend. Je ne pense pas être une mauvaise personne, je ne pense pas avoir d'idées tordues dans la tête, et pourtant rien ne fonctionne simplement. Être une femme, être une mère, être une épouse, être en couple, être libre. Je me sens toujours en décalage. Toujours à côté de la plaque.

Je suis un chat qui vit dans un monde de chiens.

Louise

5

Chère Madeleine,

Avoir des enfants en bas âge, gérer les terreurs nocturnes, les petits bobos, les bronchites, les otites, les nuits entrecoupées de cauchemars, le bout de chou qui se réfugie dans le lit et la courte nuit qui est donc déjà finie, ce n'est pas de tout repos. On aurait bien besoin de souffler.

D'ailleurs, mon mari m'a proposé de partir en voyage. Quelques jours au soleil. Tous les deux. J'adorerais lui dire oui, j'adorerais surtout savoir que ça me fera du bien. Mais pour profiter, il faut de la disponibilité d'esprit et je ne l'ai pas : le roman sort dans quelques jours, et j'ai besoin de l'accompagner, sinon j'aurais l'impression d'être une mère indigne à le laisser se défendre tout seul.

Mais quand la tournée des librairies et la promotion seront finies, c'est d'avance un grand oui ! Je rêverais de partir au Japon – ces temples, ces daims et ces grues majestueuses dans leur robe noir et blanc avec leur tache vermillon. Et les lentes cérémonies du thé.

Alors, je décline.

« Non vraiment, voyager maintenant, je ne peux pas.

— Mais quand ? Et est-ce que tu l'auras, un jour, cette disponibilité d'esprit ? me demande-t-il.

— Je ne sais pas. »

Je n'en peux plus. J'ai l'impression de constamment empêcher les autres d'être heureux.

Si je suis honnête avec vous, Madeleine, des « vacances au soleil », ce n'est pas non plus ce qui me ressourcerait. Trop de monde, de bruit, de lumière, pas assez d'arbres, d'ombre, de nature… et je m'y ennuierais mortellement. Je suis incapable de rester allongée sur une serviette, même pour lire. De toute façon, je ne peux plus lire sans avoir envie de noter, et de loin ça ressemblerait à du travail, et plus tellement à des vacances.

Louise

Chère Louise,

Marguerite Duras disait qu'elle n'avait jamais eu la possibilité de s'allonger sur le sable et de profiter du soleil. Je pense plutôt que, comme vous, elle n'en avait pas envie. Certains disaient : « Elle sacrifie ses vacances au travail. » Non, elle choisit ce qui la rend heureuse.

Le meilleur baromètre est l'ennui, l'impossibilité physique de rester tranquille. Ce que d'autres appellent « profiter », pour nous ce serait une contrainte, j'ose dire une torture.

C'est toujours le même sentiment de ne pas être à ce qu'on doit être, que l'on gaspille du temps, que ce n'est pas notre place. L'artiste aimerait être ailleurs, tout à son art. Rien ne l'intéresse plus. Mais ce n'est pas pour ça qu'il n'aime pas les gens ou serait incapable d'amitié profonde.

Les artistes doivent être pris tels qu'ils sont au moment où ils sont présents. Ne pas en attendre davantage, ne pas en espérer plus. Ils sont volatils, déjà envolés, repartis où d'autres d'ailleurs croiseront leur chemin et essaieront également d'en obtenir plus.

C'est difficile de nouer des relations avec un artiste. Prendre un café, discuter de tout et de rien, il ne sait pas ce que c'est. L'artiste ne veut pas de nouveaux amis. Il cherche déjà à honorer les proches qu'il a. La recherche de temps, le labeur, la solitude, c'est sa quête quotidienne. Tout le ramène à cela.

Avant, quand je laissais mon esprit divaguer dans les trains par exemple, mes préoccupations revenaient toujours au projet d'écriture en cours. Alors je laissais dérouler le fil du roman qui continuait de s'écrire bien malgré moi. Aujourd'hui seulement il m'arrive de rester des heures dans mon jardin, à observer mon petit rouge-gorge, à écouter le chant du merle, à contempler la mer au loin, à être dans l'instant présent. Sans cet envahissement mental constant. Mais il m'en a fallu du temps...

Je crois, à lire entre les lignes, que pour vous recharger ce n'est pas de voyages que vous avez besoin, surtout que vous voyagez déjà avec les livres que vous écrivez et ceux que vous lisez. N'est-ce pas ?

Madeleine

Chère Madeleine,
Je dois avouer que je suis plus casanière qu'aventurière. Les voyages ne me ressourcent pas du tout.

Je n'y vois que les contraintes. Déjà, la préparation ! Quelle horreur ! Si j'aimais organiser, j'aurais été tour-opérateur ! Et une fois sur place, j'ai beaucoup de mal à profiter. Les sens en éveil, trop de découvertes d'un coup, et je n'entends plus mes propres pensées qui ne rêveraient pourtant que d'une chose : s'émerveiller, profiter, être bien.

Moi, j'aime être chez moi. J'y ai tout pour être heureuse. Ma famille, la nature, les animaux, le chant des oiseaux, les livres, le thé, la musique. J'aime m'asseoir dans le beau et confortable fauteuil du salon, mettre de la musique, faire les mots croisés du journal, monter des meubles, ouvrir des bouteilles, n'avoir rien de prévu et ne rien faire.

Le temps libre organisé, faire du sport ou voir des gens, je ne peux pas. Je ne ressens pas le besoin de rentabiliser mon temps. J'ai déjà bien assez à faire en semaine. Tout vous pousse aujourd'hui à avoir des loisirs efficaces, et je n'y arrive pas. Ça ne m'intéresse pas, ça n'a pas de sens ! Je peux me forcer, faire plaisir, une fois par hasard, mais c'est un calvaire, je déteste et j'en veux aux autres. Autant éviter.

Alors, mon temps libre, je veux le garder pour les imprévus de la vie, pour la beauté que m'offre la nature. Le week-end, moi, j'ai rendez-vous avec les écureuils !

Louise

6

Chère Madeleine,
Je ne pense qu'à écrire.
Je fugue pour écrire. J'écris pour fuguer.
Je n'ai envie de rien d'autre et l'écriture emporte tout. Je suis là, mais pas là. Je ne suis plus vraiment une mère, ni une épouse, ni une fille... Je suis en boucle, je ne pense qu'à mes projets littéraires, je dors avec, je mange avec...

J'ai toujours été une travailleuse acharnée, quel qu'ait été mon métier, mais là ça devient obsessionnel. Il me faut trouver la bonne distance entre la vie, le travail et l'écriture. Mais c'est dur.

Je suis tellement bien dans l'écriture qu'un jour, je crois, je ne remonterai pas !

Parfois, malgré tout le bonheur que j'ai, je me sens bloquée dans ma vie, j'étouffe, le réel ne me suffit plus. Parce que qu'est-ce qui m'attend de l'autre côté ? Une routine, des devoirs, des contraintes ? Un hamster dans sa roue. Ma vie n'est pas triste, mais, je ne sais pas pourquoi, j'ai envie de pleurer. J'éprouve une grande lassitude. De tout. Comme s'il manquait du sel à mon existence. Du rire, de la nourriture intellectuelle, de l'imprévu. Un peu de folie. J'aurais un bracelet électronique que mon quotidien ne serait pas différent. Un périmètre défini que je ne dépasse jamais. Maison/école/travail/courses/école/maison. L'horizon n'existe pas. J'ai l'impression que, pour les autres, c'est léger, on vogue, on flotte au gré des envies et de la météo. La pression est si lourde, et mes épaules si frêles. Alors on change de coupe de cheveux pour changer un truc, mais c'est un pansement sur une jambe de bois, un onguent sur un cœur qui est comme gelé.

C'est peut-être juste de la fatigue, je divague, je suis à cran. Je crois qu'humainement ce n'est pas possible de travailler plus. Il faut que je fasse attention.

J'ai peur pour mon entourage. J'ai l'impression d'être en sursis. Mais ne sommes-nous pas tous en sursis ? J'essaie de tout faire tenir ensemble, du mieux possible, mais sommes-nous heureux ?

Alors quand j'entends « De toute façon, à part l'écriture, plus rien ne t'intéresse ! », et que dans ma tête résonne « Pas même nous », je me vois sombrer dans ma propre nuit.

Louise

Chère Louise,
La bonne distance, je ne suis pas sûre que personne la trouve jamais.

7

Chère Madeleine,

Je viens de me rendre compte de quelque chose. Toute ma vie, j'ai eu du mal à m'autoriser à être naturelle et la première fois où j'ai été 100 % moi, et pas comme on attendait que je sois, c'est quand j'ai écrit mon premier roman publié.

Je venais d'avoir mon fils aîné, cela m'avait fragilisée, je n'étais plus capable de rien, j'étais paumée, et c'est en écrivant que j'ai pris conscience que j'avais une valeur. Une valeur à moi, où personne ne pourrait me dire : « Oui, mais ce n'est pas aussi bien que… » La première fois que j'ai compris que j'avais le droit de m'exprimer sur ce que je pensais au plus profond de moi. L'accueil des lecteurs m'a montré que je ne m'étais pas trompée et m'a fait penser que, peut-être, je n'étais pas si inintéressante que ça.

« Tu as changé », m'a-t-il dit hier…

Pourtant j'ai l'impression que je n'ai jamais été plus moi-même. Je suis la fillette de 10 ans qui vous écrivait, celle qui tente ses rêves et vit une vie plus incroyable qu'elle ne l'aurait imaginé.

Mais peut-être que, dans son regard, il a raison. Peut-être que j'ai changé par rapport à la personne qu'il a rencontrée il y a plus de quinze ans. Mais si j'ai évolué, c'est pour me rapprocher de la personne que j'étais dans le fond, c'est pour enlever toutes ces couches de politesse, ces carcans qui n'étaient pas vraiment moi.

Je crois que l'on a tous besoin d'être aimé pour qui on est vraiment, pour ses idées, pour ses combats. Se sentir admiré aussi pour tout ce que l'on fait et qui n'est pas rien, qui n'arrive pas à tout le monde. Et se sentir poussé, compris, soutenu.

Moins seul peut-être.
Louise

Chère Louise,
La fidélité est souvent perçue comme quelque chose qui serait immuable, alors qu'être fidèle à quelqu'un, n'est-ce pas l'être dans son changement, l'accompagner à changer et changer soi-même ? La fidélité à l'autre, c'est évoluer ensemble. Après, un créateur, c'est quelqu'un de seul. Seul dans sa création, mais déjà seul dans son enfance, seul dans sa belle-famille, puis seul dans celle qu'il fonde. Souvent il n'a personne pour parler d'art pendant des heures, pour s'émerveiller avec lui devant le beau, pour lire les mêmes livres que lui, pour partager ces émotions bouleversantes qui transpercent le cœur.

Et c'est par la solitude que l'on apprend à s'extraire du regard des autres, à ne pas attendre de validation, à se donner ce pouvoir-là à soi. Parce que les freins ne sont que ceux que l'on se met à soi-même.

Madeleine

Chère Madeleine,

J'ai l'impression que dans l'écriture tous mes défauts, tout ce qui fait de moi une personne bizarre sert à quelque chose, je dirais presque devient une qualité. Quand je suis face aux lecteurs ou même face à ma feuille blanche, j'ai l'impression (la certitude même !) d'être utile, de ne pas être égoïste, que tout ce temps passé est nécessaire. Je ne me fais plus aucun reproche et je me sens à ma place.

Alors qu'au travail on a toujours quelque chose à me reprocher : « Pourquoi tu ne suis pas le modèle de l'année dernière ? Pourquoi tu réinventes la roue ? Pourquoi tu fais tout à la dernière minute ? Pourquoi tu fais tout en solo ? » Pourquoi, pourquoi, pourquoi ? Je ne sais pas. Ce n'est pas nouveau, j'ai toujours été comme ça.

Peut-être que tout ce que je vous raconte là n'a aucun sens. Je m'en excuse, je me laisse emporter. Je crois que je ne vais pas pouvoir tout concilier encore longtemps.

Je vous embrasse.

Louise

Chère Louise,

Quel métier peut-on faire quand on déborde de partout ? Quand on ne rentre pas dans les cases ? Quel métier peut transformer tous ces prétendus défauts (égoïsme, fainéantise, hypersensibilité, obsession, impatience, créativité débordante, indépendance, paranoïa…) en forces ?

Moi, je n'en connais qu'un et vous le connaissez aussi.
Madeleine

Chère Madeleine,
Merci d'être celle, l'unique, avec qui je peux partager cela, parler de ce qui me touche, d'écriture certes, mais pas que, de nature aussi, de rêves, de la vie. Vous m'êtes devenue indispensable.

C'est si rare de trouver quelqu'un avec qui échanger pendant des heures d'autre chose que de la gestion du quotidien. Surtout entre femmes. Cela semble cliché mais c'est pourtant vrai. Je n'ai personne d'autre pour nourrir ma passion de la littérature, mon goût pour les expositions, le théâtre, la photographie, la danse... Même la radio ! Ce mélange parfait entre la voix et les mots, qui entre par l'âme et qui touche directement en plein cœur.

Vous ne m'avez jamais dit pourquoi vous aviez accepté d'entretenir une telle correspondance avec moi, puisque je sais désormais que vous ne le faites pas avec tout le monde ?
Louise

Chère Louise,
Parce que vous étiez déjà dans le travail. Vous m'aviez envoyé votre premier livre maquetté sur lequel je voyais bien que vous aviez soigné chacune de vos phrases. Vous preniez déjà l'écriture très au sérieux et la littérature bien trop au sérieux, si je peux me permettre. Vous aviez juste besoin de m'écrire, pas pour obtenir de réponses avec des conseils précis

– d'ailleurs vous les avez peu suivis –, mais pour révéler officiellement au monde votre ambition. Pour vous le dire à vous-même.

Mais ce n'est pas cela la raison pour laquelle je vous ai répondu la première fois. Je vais vous dire la vérité.

Mon fils aîné a une fille, et ma petite-fille, que je n'ai jamais rencontrée, s'appelle Louise, et elle a votre âge. Alors, quand j'ai vu cette lettre avec son nom et son âge, j'ai repris le stylo dans l'espoir que... ce soit elle.

Ça aurait pu être elle. Et cela a été vous.

Je n'écrivais plus et depuis *vous* j'écris.

Vous voyez, vous aussi, vous êtes importante dans ma vie.

Madeleine

VI

« Il n'y a pas d'écriture qui vous laisse le temps de vivre, ou bien il n'y a pas d'écriture du tout. »

Marguerite Duras

1

Chère Madeleine,

Cela fait quelque temps que nous ne nous sommes pas écrit. J'ai démissionné, je n'arrivais plus à tout gérer. C'est mieux pour tout le monde, pour l'entourage, pour mes collègues aussi. Je commençais toutes mes phrases par : « C'est marrant que tu dises ça, parce que dans mon nouveau livre, justement, ça parle de… » Je me rends compte que l'on devient vite insupportable.

Avoir arrêté mon travail m'enlève un poids, même si je n'aime pas le fait d'avoir dû abdiquer, d'avoir dû reconnaître que je n'étais pas capable de tout mener de front. Mais si je n'enlevais pas quelque chose, j'allais y laisser ma santé. Ou ma famille.

Évidemment, le choix a été simple. Ma place est dans l'écriture.

Je découvre les joies de m'asseoir, de jour, à mon bureau et de n'avoir que cela à faire. Écrire. Avec l'espoir, de livre en livre, de prendre le temps et d'affiner mon écriture.

Je me rends compte que ce n'est pas douloureux en soi, mais faire un livre avec la pression éditoriale, les dates butoirs, c'est ça qui m'abîme le plus, je crois.

Rectificatif. Rituel du dimanche soir, j'écoute la radio. Vous l'aurez compris, j'adore la radio ! Je suis boulimique de toutes les émissions qui peuvent mettre des livres toujours plus passionnants sur ma route. Bref, ce soir, ils débattent des derniers ouvrages sortis pour la rentrée littéraire. Je peux écouter tranquillement, mon roman n'y sera pas discuté puisque cela fait des mois qu'il a paru. Je dîne, je suis d'une oreille distraite, quand tout à coup, mon corps se raidit. « C'est de la merde, c'est écrit avec les pieds. C'est bien simple, on dirait du... » Je coupe. Instinct de survie. Il allait donner un nom.

Je ne peux plus écouter une émission littéraire sans avoir peur de m'en prendre une. Ce n'est basé sur rien mais j'ai fini par intégrer moi aussi que succès populaire ne pouvait pas rimer avec qualité littéraire.

Et après vous me demandez pourquoi je perds confiance ?

Et vous, comment allez-vous ? Parvenez-vous à écrire ?

Louise

Chère Louise,

Je vous remercie de prendre des nouvelles de mon écriture.

Je m'installe chaque jour dans mon petit bureau qui n'a pas la plus belle vue mais qui me permet de rester concentrée. Je tâche d'avoir des rituels, mais ce n'est pas toujours possible. Je préfère écrire le matin, le temps qu'il faut, et je m'arrête quand je n'ai plus la force, quand quelque chose me dit que « c'est tout pour aujourd'hui ». Mais il y a des moments où je ne suis pas du tout contente de ce que j'ai fait. Alors je mets de côté, je réfléchis, prends mon journal d'écriture et y consigne mes questionnements. Malheureusement, ils ne diminuent pas avec l'âge.

Je ne doute pas tant de ma capacité à écrire, mais de la forme à donner. Chaque livre est toujours précédé d'une longue phase d'interrogation. C'est très laborieux. Tant que je ne l'ai pas trouvée, cela résiste, bloque, ce n'est pas fluide, et quand enfin elle s'impose, c'est le jaillissement de l'écriture, et je m'y plonge de manière résolue, jusqu'à épuisement.

Là, je tâtonne encore… mais la matière est là, les idées aussi.

On apprend toujours à écrire. Même à mon âge. Chaque texte, chaque histoire nous enseigne quelque chose. L'expérience sert si peu en fin de compte. On est tous débutants, même à plus de 80 ans…

Madeleine

2

Chère Louise,

Maintenant qu'écrire est votre métier à temps plein, je comprends que vous ayez envie d'être plus ambitieuse. Ce n'est effectivement plus un hobby, c'est une mission d'utilité publique.

Réfléchissez. En quoi voulez-vous être utile ? Faire une différence. Si on ne devait retenir qu'une seule chose de vous ou de votre œuvre, que serait-elle ?

La postérité, il ne faut y accorder aucune minute. Cela n'est pas entre nos mains. En revanche, la longévité de notre travail est primordiale.

Moi, j'écris pour être lue dans vingt ans encore. J'aime l'idée d'être contemporaine et intemporelle. Et pour cela, la qualité esthétique de l'œuvre est essentielle. La réception par mes contemporains est évidemment une prérogative, mes histoires doivent venir résonner en chacun, mais je fais tout cela dans l'espoir que le livre donne à voir quelque chose de notre humanité et de notre avenir commun.

La nature de l'écrivain, ses actes, ses déclarations, ses prises de position, tout cela compte : on ne sépare plus aussi facilement l'homme de l'artiste aujourd'hui. Il faut un point de vue nouveau, apporter quelque chose de différent qui n'a pas été fait et qui réveille les consciences, qui unit et rassemble les lecteurs aussi, qui donne à voir et à comprendre le monde.

Alors, je vous suggère, chère Louise, de penser dès à présent à votre longévité. Ce n'est jamais trop tôt, car lorsque l'on a cela en tête, on n'écrit plus les mêmes textes.

Vous savez déjà écrire – monter vos phrases, agencer vos paragraphes, articuler des idées, bâtir votre plan. Tout cela, vous le savez depuis toujours, parce que vous savez comment vous aimez les histoires en tant que lectrice et vous avez la même exigence en tant que romancière.

Lorsque vous dites souhaiter « affiner votre écriture », vos doutes ne sont pas sur la technique. Ils portent davantage sur l'esthétique, la beauté, la justesse de la phrase. Sur ce que vous appelez « le style ». Tout ce qui ne s'enseigne pas.

Alors une seule chose à faire : lire des auteurs, lire des auteurs, lire des auteurs. Rien ne remplace la pratique. Et la pratique, c'est d'abord et surtout la lecture attentive, crayon à la main. C'est du travail. Comprendre la musicalité des phrases, le bon rythme, l'unique positionnement de chaque mot et leur juste ordre. Quand on l'a trouvé, plus aucune autre phrase n'est possible. Ce souffle, cette musique, qui nous est propre, devient juste. C'est notre voix.

Il faut beaucoup lire et de tout. Comprendre, aimer, détester, avoir le droit de dire « tel auteur, tel classique, je n'aime pas, ce n'est pas pour moi ». Parce que ce qui prime, c'est votre sensibilité de lectrice, c'est l'émotion qui vous a traversée, qu'elle soit produite par l'histoire ou la langue. La littérature, ce n'est que de l'humain.

Lire beaucoup et de tout, mais peut-être que le plus important encore serait la qualité des textes que vous choisissez. Privilégiez ceux qui font travailler l'oreille, dont la sonorité peut résonner en vous.

Un auteur qui ne s'est pas arrêté à l'écriture de son texte, mais qui en a retravaillé l'intégralité à voix haute, cela se voit. Un auteur qui est un grand lecteur, cela se voit. De toute façon, un auteur qui travaille, cela se voit ; et un auteur qui ne travaille pas, ou pas assez, cela se voit aussi.

Un écrivain, qui est également un lecteur attentif, ne se contente plus de raconter une histoire mais de nous la faire vivre, de la chanter. Le rythme, la scansion, les rimes, les allitérations, la longueur des phrases, le nombre de pieds, tout cela n'a pas besoin d'être calculé ou compté mais sonne à l'oreille. Nous avons grandi au pays de l'alexandrin, et nous sommes sensibles à la poésie des phrases.

Ce parcours personnel de lecture viendra nourrir l'écriture. En lisant, en recopiant des phrases que l'on aime, on fait ses gammes. Et quand vous aurez assez lu et compris ce que vous cherchiez, il

faudra vous en extraire. Renoncer à vos maîtres, à vos modèles pour trouver votre propre voix.
Madeleine

Chère Madeleine,
Effectivement je me suis rendu compte qu'il y avait une différence dans mes textes depuis que je lis mes phrases à voix haute.

Je le fais depuis que j'écris pour mes enfants, et c'est tranchant. Soit la phrase est juste, soit elle ne l'est pas. À un pied près, plus rien ne va.

Depuis, j'ai besoin de vérifier chacune de mes phrases aussi pour mes romans. Je lis mon texte et m'enregistre au dictaphone, pour l'avoir vraiment en bouche et à l'oreille, ensuite je compare, je vois où je me suis sentie obligée de modifier le texte à l'oral, et je corrige pour l'écrit. Parfois, je perds en concision, mais j'y gagne en rythme, en mélodie. La phrase est électrisée.

Sur le papier, pourtant, tout semblait bon. Mais il faut croire qu'il y a la théorie, et la pratique.
Louise

Chère Louise,
Ce qui compte par-dessus tout, c'est le message. Ce que l'on a à dire, à transmettre, à partager avec les lecteurs.

Ce que l'on fait, ce n'est pas du divertissement. On aide les gens à vivre et ce n'est pas rien. On les accompagne lors des bons moments comme des moins bons. Il y a une communion entre nous.

En librairie, certains lecteurs, je les voyais venir. Quand ils me regardaient, ils avaient des étoiles dans les yeux. « C'est vous ? » me demandaient-ils timidement. Je débarquais dans leur vie avec mes livres, j'entrais en eux, dans leur existence à un moment si fort, si particulier, que mes histoires résonnaient et étaient la main tendue dont ils ignoraient qu'ils avaient tant besoin. Et ils n'arrivaient plus à parler, ils attendaient de longues minutes là devant moi et, d'une voix étranglée, ils finissaient par lâcher : « Vous ne savez pas à quel point vous avez compté !? », et ils fondaient en larmes. Souvent, ils étaient gênés et surpris, ils n'avaient pas prévu ce débordement d'émotions. « C'est bête, excusez-moi ! Je ne sais pas pourquoi je pleure comme ça ? » Mais, moi, je savais. J'étais responsable de cette émotion, je l'avais cherchée et ressentie avant eux. J'avais été la prendre au plus profond de mon être, cette chose que je n'avais jamais dite, jamais partagée avec personne auparavant, mais que je savais être vraie et injuste, et que d'autres vivaient aussi. Et je savais surtout que moi aussi j'avais pleuré en l'écrivant.

Ce qui est beau dans ces rencontres, c'est de se retrouver tout à coup en face d'un être humain aussi sensible et naïf que soi, et de se reconnaître. On appartient à la même espèce d'âmes touchées par la dureté du monde, qui cherchent un abri et de l'espoir dans les livres, qui rêvent d'un monde plus beau, d'un monde aussi généreux que dans les histoires et quand ils y trouvent la bienveillance, c'est un cadeau de la vie. On se sent deux fois plus vivant. On se sent compris. Et moins seul.

Alors, parfois, je pleurais aussi. Pour les mêmes raisons. Parce que j'avais trouvé en eux un frère ou une sœur d'âme, de sensibilité. J'écrivais pour elle ou pour lui sans le savoir, sans les avoir encore rencontrés.

Madeleine

3

Chère Louise,
On ne met pas l'écriture au centre de sa vie pour pousser un livre après l'autre, pour refaire toujours la même chose. Il s'agit de révolutionner la littérature. D'avoir de grandes ambitions. Dépoussiérer cette grande dame avec ses codes, son corset, ses carcans. Tout faire exploser.

Cela prend du temps de bien écrire. De donner l'illusion de la simplicité. Comme si le livre était déjà là, qu'il existait quelque part et que l'écrivain l'avait juste trouvé. Cela doit avoir l'air facile, fluide, évident. Jamais laborieux. Comme si la vie, presque, s'écrivait d'elle-même. L'écrivain doit disparaître. On ne doit pas voir les ficelles qui rompent la magie, ni voir l'écrivain à sa table qui essaie de mettre le lapin dans le chapeau.

Il faut travailler énormément pour éliminer toutes ces petites éraflures. Mais que ce soit bien écrit ne doit jamais être le but. C'est plus ambitieux que cela. Ce que l'on propose ne doit pas être consensuel. L'ambition est de se dire qu'il y a une nouvelle perception des choses à révéler et qu'il faut l'écrire. Et cela peut être dangereux.

Il y a souvent des résistances qui ont à voir avec des loyautés inconscientes. Dans un premier temps, il faut s'arroger tous les droits, tous les pouvoirs, surtout si cela concerne la famille ou s'il y a des matériaux autobiographiques. Il faut aller au plus proche de tout ce qui risque de déplaire. Quand on fait de la fiction, on peut se permettre des choses que les lois sociales ou juridiques ne permettent pas toujours. Il faut dépasser le cadre de ce que, avec ce texte, l'on aurait eu envie de dire à son entourage et s'interroger sur ce que l'on veut vraiment signifier : de quoi le personnage principal doit-il devenir le vecteur ? Qu'est-ce qu'à travers lui vous voulez dire de votre époque ?

Ce n'est pas toujours facile, mais c'est comme cela qu'il faut l'écrire.

Madeleine

Chère Madeleine,

Mais je n'ai pas l'intention de me fâcher. Et avec personne. Je ne compte pas régler mes comptes ou dévoiler des secrets familiaux : on n'en a pas de toute façon ! Moi, je veux juste continuer à faire ce que j'aime. Raconter des histoires. De manière plus ambitieuse peut-être, en ayant l'impression d'améliorer toujours ma plume, mais je ne vais pas changer.

Louise

Chère Louise,

Sans nécessité, l'écriture n'est qu'un jeu. Or elle n'est pas du tout un jeu.

J'écris depuis un lieu de colère et de révolte. Avec un point de vue, une certaine fureur parfois. Je cherche à dénoncer des injustices, à montrer des vérités, que je ressens et vois à travers mon corps et que d'autres ne voient pas. Cette hypersensibilité dont j'ai hérité aussi est un cadeau, une particularité, et je dois en faire quelque chose au service des autres. Je n'en ai pas été dotée pour rien : je dois utiliser ce filtre pour raconter, montrer ce qui se passe. C'est mon rôle social, mon utilité.

Je suis rongée en permanence par les injustices de la société. Elles me sautent aux yeux. Je pense que c'est aussi pour cela que j'ai eu besoin de me couper du monde. Pour me protéger. Alors un jour je travaille ce qui me travaille et je couche sur le papier des choses que je ne comprends pas moi-même, que je découvre au fil de la plume, et qui se révèlent comme dans un bain photographique sous mes yeux. Et je ne contrôle plus rien. C'est le pouvoir de la littérature. Un processus de création qui nous laisse indéchiffrables à nous-mêmes.

Ce n'est pas pour rien que Kafka dit : « Un livre doit être la hache qui brise la mer gelée en nous. »

Et tout cela n'est pas sans conséquences.

Quand on plonge en soi, on sonde, et on voit ce que l'on remonte, ce qui sort, cela vient bouleverser des choses à l'endroit de l'intime, réveiller ce qui était sagement tapi, toléré, soulever des questions dont on n'a pas la réponse, mais qui sont là depuis toujours. Et ce qui change en nous, vraiment et pour toujours, nous ne savons pas jusqu'où cela va nous conduire.

On se sent grandir, comprendre, mais c'est très dangereux pour la vie établie.

Nous ne maîtrisons pas ce qui est en train de se passer en nous, les transformations avant/après qui se mettent en branle, nous y assistons tout en sachant qu'on ne pourra pas vivre comme avant. Pas en nous taisant.

Alors on continue d'écrire ce que nous avons trouvé, sur cette vérité cachée que nous avons mise au jour – et que nous cherchions sans le savoir –, quitte à tout faire exploser. À dire ce que l'on a sur le cœur, ne plus faire semblant, être prête à déplaire, au risque de dire ce qu'il ne faudrait pas, dire ce que l'on devrait taire et garder pour soi, si on ne souhaite pas que notre hobby empiète sur la vie de famille, ou la détruise.

Une femme qui lit est une femme dangereuse, une femme qui réfléchit est une femme dangereuse, alors une femme qui écrit... Oui, c'est dangereux. Dangereux parce qu'on ne maîtrise pas la réaction des autres et que cela se répercute dans notre vie.

Mais les plus grands artistes ne sont-ils pas ceux qui se brûlent pour nous proposer un peu de vérité ?

Madeleine

4

Chère Madeleine,

Il faut croire que mon éditrice avait raison : je ne sais pas écrire !

Je n'ai aucune méthode, je réinvente la roue chaque fois. Ma façon de faire est terrible. Il y en a absolument partout. J'ai des carnets, des feuilles volantes, j'ai plus de dix notes dans mon téléphone qui concernent le même sujet, qui s'intitulent pareillement, qui ne sont séparées par aucune logique. Lorsqu'enfin j'essaie de tout retaper sur l'ordinateur, je me retrouve avec trois documents différents, qui font plus de 100 pages chacun, je suis alors obligée d'en créer un quatrième, pour coller des bouts que j'ai surlignés, qui me paraissent intéressants, sauvables, et me semblent aller dans la bonne direction, puis je les assemble selon un plan dont la clarté s'échappe à mesure que je le complète.

Je n'ai pas un cerveau discipliné qui commencerait l'histoire au début et qui chaque matin continuerait à la dérouler dans l'ordre. C'est un kaléidoscope où tout bouge tout le temps !

Oh, que j'aimerais améliorer cette méthode et moins en souffrir !

Louise

Chère Louise,

Il y a deux types d'écrivains. Les grimpeurs et les plongeurs. D'un côté, les grimpeurs qui se retrouvent au pied de l'Everest avec leur plan et savent qu'ils vont devoir monter. Le but est clair et identifié. De l'autre, les plongeurs. Ils plongent en eux dans un gouffre noir. Ils cherchent mais ne savent pas ce qu'ils cherchent. Ils écrivent pour découvrir ce qu'ils ne savent pas encore.

Quel que soit le processus, est-ce que cela nous fait du bien ? Non. Écrire, c'est difficile, chaque fois, mais nous sommes des orpailleurs. Et notre or, c'est un peu de vérité.

Après, je vais vous faire une confidence : je n'ai pas de méthode non plus. Les lecteurs pensent que c'est facile : « Vous écrivez ce que vous avez vécu ! » Non, justement cela ne l'est pas, sauf à reconduire des modèles.

Alors j'essaie de m'aérer l'esprit, d'avoir des habitudes. Tous les jours, qu'il pleuve ou qu'il vente, je vais au village. Cela me fait une petite promenade. Chaque fois, ma chienne m'accompagne. C'est un mélange de chien de berger et de golden retriever blanc. Elle trotte à mes côtés. Jamais de laisse. Elle a appris à rester au pied.

Cette chienne, je l'ai recueillie dans un chenil. J'avais probablement plus besoin de compagnie qu'elle ; elle était sûrement plus heureuse là-bas à jouer avec ses congénères qu'à s'ennuyer avec une femme d'un certain âge. Elle a d'ailleurs mis du temps à trouver ses marques.

Si elle ne me doit rien, moi je lui dois beaucoup : elle m'a offert mes plus beaux fous rires. Avec elle, toujours un projet de bêtise. Fut un temps, elle ramassait le courrier à même la boîte aux lettres et déchiquetait absolument tout. Toute notre correspondance serait passée à la trappe, chère Louise. Et puis, je n'ai pas besoin de consulter les astres ou les cartes de tarot pour connaître avec certitude le futur proche. Un pointement de son oreille, et je sais qu'elle a une idée en tête. Un battement de la queue, et je sais que le facteur arrive. Un regard de chien battu, et je sais que j'ai dépassé l'heure de son dîner.

C'est un vrai pot de colle. À se demander qui tient compagnie à qui. Je me lève préparer le thé, elle me devance dans la cuisine ; je mets mes bottes, elle attrape sa balle ; je vais aux cabinets, elle se poste devant la porte. Si elle était douée de langage, je serais prête à parier qu'elle me parlerait à travers la cloison. J'adorerais d'ailleurs parler la langue des animaux. À défaut, je les observe et mon écriture n'avance pas tant.

Ma chienne, je peux la regarder pendant des heures. À la plage, elle descend la vingtaine de marches comme une fusée, et, à peine arrivée dans le sable, elle se roule de longues secondes sur le dos, redevenant presque couleur sable. Dans l'herbe, mêmes galipettes. Son occupation préférée : chercher. Les crabes, les pattes d'araignées de mer, les os de seiche, les homards qu'elle devine sous les rochers. Et quand elle trouve une carcasse abandonnée par la marée du matin, elle l'emporte à quelques mètres de moi, me gardant à l'œil avant que je n'intervienne et ne l'empêche de la déguster. Il y a toujours un moment, surtout avec l'os de seiche, où elle se met à creuser et enterre sa trouvaille, comme pour se la cacher à elle-même avant d'essayer de la retrouver. Je la vois alors renifler, souffler fort par les narines pour faire sortir le sable, et se mettre à nouveau à la recherche de son trésor blanc qui, je le vois de mes yeux, dépasse juste sous sa truffe. Ce golden retriever aurait été un très mauvais chien d'aveugle.

De toute façon, c'est un chien taupe. Sa deuxième activité préférée. Creuser.

Avant j'avais un jardin, maintenant j'ai un chien. Elle « jardine » comme son regard me corrige gentiment. J'arrive encore à protéger mes anciennes fleurs, mes roses surtout. Mais ce bulldozer arrache tout. Tout ce qui est nouveau, les rhododendrons, surtout. « Pas de ça chez moi ! » semble-t-elle dire. J'ai l'impression qu'elle oublie que nous devons cohabiter.

La nature et les animaux m'apaisent. J'ai besoin de la terre, et de toute la faune et la flore que cela suppose. Quand je suis arrivée dans cette maison, j'ai retrouvé quelque chose de très enfoui, des sensations, des souvenirs liés à mon enfance. C'était profondément bouleversant. Cette proximité avec la terre a été l'élément qui m'a finalement fixée ici, et je n'y ai pas vu le temps passer.

Depuis que j'habite cette maison, les jours passent aussi lentement que les semaines, les semaines sont des mois, les mois deviennent des années. Seule la course du soleil me rappelle la marche du temps, seul mon ventre m'indique l'heure du repas à venir, seule ma chienne m'attend sur le pas de la porte pour nos sorties quotidiennes. Nous vivons au rythme des saisons. Il pleut des feuilles d'or dans mon jardin en automne, il pleut des pétales de rose en été. Quand mes arbres débourrent je ne bouge pas du jardin, je veux assister à cela. Quand les agapanthes brisent leur coque pour sortir, je veux voir les brins violets caressés par le jour.

J'essaie de profiter. Cette maison, je le sais, ne survivra pas longtemps après moi. Rien ne la protège de l'érosion. Je l'ai aimée ainsi, au plus près de l'eau. Pour voir les marées, le bleu qui devient turquoise. Les vagues qui se retirent et qui reviennent. Et la mer qui toujours finit par l'emporter.

Madeleine

5

Chère Madeleine,
Je suis dans les starting-blocks. Physiquement parlant. Écrire demande un effort soutenu et continu qui mobilise le corps et l'esprit. Et je suis prête à en découdre. Les ressources, je les ai en moi.

J'ai longtemps fait du sport de compétition. J'y ai appris l'effort sur le temps long, la persévérance, l'entraînement, la pratique régulière, même quand je n'en avais pas envie, la concentration maximale, la dévotion totale, la gestion du stress, la patience, la lutte contre la fatigue, la recherche d'équilibre entre les moments de forte intensité et de récupération.

L'écriture est un sport de combat. Roman 3, me voilà !

Louise

Chère Madeleine,
J'ai attrapé la crève. Ça tombe mal, c'est ma semaine d'écriture intensive à Paris, et chaque jour compte. Interdiction de s'écouter et de rester au fond de mon lit. Ce qui me réconforte, c'est que, dans l'émission de radio que j'écoute le soir avant de m'endormir, ils toussent aussi.

Quitter les siens, sa maison, tout ce que l'on aime, pour travailler, je me demande encore parfois pourquoi je m'impose ça.

Mais je n'ai pas le choix. Il faut me retirer du monde pour pouvoir en créer un autre de toutes pièces. J'ai accepté que cette intériorité fasse partie de mon travail et mon entourage est en train de le comprendre aussi.

Cet isolement est souvent pénible, toujours laborieux, mais le pire, ce sont les dimanches midi : les Parisiens sont au restaurant avec la grand-mère, les oncles, les tantes, dans de grandes tablées. Seule à ma table, j'ai l'air d'avoir raté ma vie. D'être une pauvre fille qui n'a pas d'amis. Peut-être le suis-je un peu ?

Louise

Chère Madeleine,

Je suis de retour à la maison. Je retrouve ma famille et mon bureau. Mais je n'en peux plus de ces tourterelles ! Toute la journée, elles se crient dessus des « Je t'AI-me ! », « Je t'AI-me », « Je t'AI-me » à n'en plus finir. Impossible de se concentrer.

En plus, elles essaient désespérément de faire un nid, et je ne peux pas m'empêcher de suivre ce qu'elles font, parce qu'elles sont nulles ! Elles sont deux : lui enchaîne les allers-retours et rapporte une brindille à la fois et elle, sur son balcon, essaie de les assembler et met tout par terre... Je peux vous le dire, ce ne sont pas les reines du bricolage ! Leur nid ne ressemble en rien à celui du rouge-gorge. Et à chaque trajet, immanquablement, leur « Je t'AI-me ;

Je t'AI-me ; Je t'AI-me », par trois fois. Bref… Une Juliette sur son balcon et un Roméo qui fait le mur.

La femelle a dû m'entendre parce qu'elle me regarde, craintive, du coin de l'œil, pendant que j'observe son fin collier noir. Elle est belle et délicate, mais son comportement d'alerte m'agace. Comme si elle risquait quoi que ce soit avec moi.

Tiens, chez moi aussi il pleut des pétales de rose dans mon jardin. Cérémonie de mariage peut-être, pour le triangle amoureux des vulcains ou pour Roméo et Juliette. À moins que ce soit pour les pigeons ramiers ! Ils sont venus en nombre cette année. Vous vous en douterez, le pigeon ramier, avec ses interminables « rourou » d'amoureux andalou, n'est pas non plus mon préféré.

Laissez-moi travailler !

Je vous embrasse, chère Madeleine, et vous envoie une de leurs plumes (je vous rassure, je ne les ai pas visés avec le lance-pierres de mes fils, même si l'idée m'a effleuré l'esprit).

Louise

Chère Madeleine,

Insomnie. Je crois que ce qui me manque, c'est le bruit de la pluie qui tombe sur le toit en zinc. Ce doux plic-ploc qui m'a bercée lors de mes nuits parisiennes. J'adore être juste en dessous, à l'abri, quand les éléments extérieurs se déchaînent.

Longtemps j'avais imaginé qu'on prendrait un pied-à-terre à Paris, qu'on y reviendrait de temps en temps. Maintenant, je sais que ce retour sera impossible. Il me manquerait les levers de soleil, l'odeur de mes roses, les visites surprises des oiseaux, leurs chants (même ceux qui m'agacent), et le bruit de mes pas sur les graviers.

J'attends la pluie à défaut de trouver le sommeil. Et je prends ma plume en pensant à vous...

Louise

PS : Est-ce que tout va bien ?

Chère Madeleine,

Moi qui suis allergique et phobique de notre époque, des réseaux sociaux et autres outils connectés, je mesure ma chance d'écrire au XXIe siècle et de pouvoir être aidée par un ordinateur. Pourtant je fais partie de ceux que l'on peut appeler les *late renouncers*. Je dois être la seule à encore offrir des CD à Noël. À force de me démoder, je vais finir par redevenir à la mode.

Mon ordinateur est archaïque. Il n'a pas Internet, pas d'autres fonctions que Word, mais c'est mon choix : pour ne pas être dérangée, interrompue, tentée par des distractions. Pour tout simplement être injoignable quand j'écris. Il m'accompagne depuis le tout premier roman. Il me fait souvent des frayeurs mais hors de question de le remplacer. Alors je sauvegarde chaque journée de travail sur clé USB.

Louise

Chère Madeleine,

J'ai 500 pages de fragments. J'ai tout imprimé et mis dans un classeur. Le roman est là, quelque part, dans ces centaines de pages. C'est presque rassurant.

Il n'y a plus qu'à aller le chercher. Tailler, tailler, tailler jusqu'à trouver l'or.

Grimpeur, plongeur, puis sculpteur.

Louise

Chère Madeleine,

Je suis tétanisée par le roman que je dois finir. Je n'arrive plus à avancer. Cela m'arrive chaque fois, et chaque fois je me fais surprendre par ce refus d'obstacle qui finit toujours par surgir.

L'histoire a été écrite, les fragments ont été tissés entre eux, mais il faut conclure et trancher. Et dire au revoir à ses personnages.

C'est toujours dur de faire ce deuil.

Louise

Chère Madeleine,

Je reviens d'un Salon. Ces trois jours m'ont fait du bien. Je suis heureuse et épuisée mais je sais pour qui j'écris ce roman.

Par contre, au retour, c'est comme un « Maintenant, c'est à ton tour de t'occuper des gosses » qui s'impose dans ma tête. Rattraper son absence. Faire deux fois plus pour excuser ses manquements. Pour prouver que je les aime, que je ne suis pas une mère défaillante, une femme qui délaisse sa famille.

Alors je raconte tout, plutôt deux fois qu'une. Je crois qu'ils en ont marre. Personne n'ose m'interrompre ni me demander si la tendinite à l'épaule s'apaise, si j'ai moins mal à mon pied droit ou si je ne suis pas trop stressée avec la date de remise du manuscrit qui approche…

De toute façon, comme dirait mon père : « Tu as choisi un des rares métiers où personne ne peut t'aider. »

Louise

Chère Madeleine,

Dernière ligne droite avant de le donner à ma nouvelle éditrice. Objectif : ratisser ce texte (et je ne vous parle pas de jardinage). D'abord de haut en bas, comme avec un peigne à larges dents, pour faire tomber de la page les phrases et les mots en trop, puis ratisser de gauche à droite pour fluidifier l'évolution des personnages et resserrer l'émotion, et ratisser encore une dernière fois, en oscillation, avec un peigne encore plus fin qui ne laisse plus rien passer, juste un texte à l'os, sans gras.

On pourra dire que je suis allée vraiment au bout !

Louise

PS : Est-ce que tout va bien, Madeleine ? Je commence sérieusement à m'inquiéter…

6

Chère Louise,
À cause de désagréments indépendants de ma volonté, j'ai dû m'absenter quelques semaines – rien de grave, rassurez-vous –, et à mon retour je retrouve vos lettres, ou devrais-je dire, vos péripéties.
Alors, ce troisième roman, l'avez-vous fini ?
Je vous embrasse.
Madeleine

Chère Madeleine,
Je dois vous avouer que je suis soulagée car j'ai cru un instant que vous en aviez assez que je vous raconte ma vie et que vous ne vouliez plus me parler. J'ai ensuite pensé que je vous avais blessée – je ne sais comment – et que vous m'en vouliez. Mais tout va bien, je suis rassurée. J'avais peur qu'il soit arrivé quelque chose.
Oui, le livre est fini. Mon mari l'a lu en avant-première et ça ne lui a pas plu. Pas plu du tout !
« C'est méchant pour moi ! »
Mais ce n'est PAS toi !

« Bah, là, tout le monde va croire que si… »

Non. Tout le monde va se dire que j'ai un mari qui « laisse » sa femme libre d'écrire ce qu'elle veut. Et peut-être même que tout le monde va se dire que j'ai de la chance d'être mariée à quelqu'un comme toi. Les lecteurs savent que c'est de la fiction. De toute façon, je ne sais faire que ça : inventer, réinventer ! Depuis le début !

« Mais tout le monde va penser que tu me prends pour un con. Tout le monde va croire que… »

Mais arrête ! Je raconte des histoires, c'est mon métier. Point. Plus j'invente, plus je me rapproche de la vérité. Pas de *notre* vérité, de LA vérité. On sait tous les deux que ce n'est pas nous mais que cela existe ! Et puis, les lecteurs me connaissent. Ils savent faire la part des choses ! Merde !

Et je ne sais pas pourquoi, j'ai ajouté : « Et puis si tu te vexes, c'est que ça touche un point sensible ! » Bref, c'était chaud. Je crois qu'il aurait aimé que je modifie certains passages, mais de toute façon on ne pouvait plus rien faire, le roman était parti en impression. Et le reste de ma famille qui va encore s'y reconnaître et se vexer alors qu'eux non plus ne sont *pas* dedans !

Je crois que vous m'aviez déjà invitée à ne plus rien faire lire à mon entourage… Je ne sais pas pourquoi je ne tiens pas compte des conseils que l'on me donne. Et dire que j'avais juste envie de le lui faire lire pour partager davantage ma vie.

Louise

Chère Louise,

Il faut se souvenir que ce n'est pas facile pour nos proches de nous lire. Ils nous lisent d'abord avec peur : ils brûlent de savoir ce qu'il y a dans le texte, pour débusquer la part de vrai et de faux. C'est compliqué pour eux parce qu'ils sont touchés de trop près. Qu'ils le veuillent ou non.

Parfois aussi, ils peuvent reconnaître que, même si nous n'étions pas de la famille, même s'ils ne nous connaissaient pas intimement, ils auraient trouvé cela émouvant ou bien écrit. Le plus beau cadeau, c'est quand ils se disent comme n'importe quel lecteur : « Ah, que c'est beau quand même ! »

Madeleine

Chère Madeleine,

J'adorerais que mes proches pensent cela ! Moi, quand le nouveau roman sort, et que mon entourage veut le lire, je les imagine immanquablement en train de se dire : « Tout ça pour *ça* ? Toutes ses absences pour cette merde ? C'est pour *ça* qu'elle rate tant de moments en famille ? Si elle croit que *ça* fera postérité ou œuvre... Mais il faut qu'elle arrête, vraiment. Il n'y aurait pas de honte à reconnaître qu'elle s'est trompée, que ce n'est pas pour elle. Qu'elle laisse faire les pros, les vrais écrivains, ceux qui savent ce qu'est la littérature. »

Oui, oui, je sais. Les démons reviennent...

Ce qui est par ailleurs étonnant, et je ne sais pas si cela n'arrive qu'à moi ou à tous les écrivains, mais depuis que mes proches savent que je suis éditée, sept personnes de mon entourage ont eu l'envie d'écrire à leur tour. Ma meilleure amie, ma belle-sœur, ma belle-mère, un cousin par alliance, deux collègues de travail, et la femme d'un collègue. Je ne sais pas ce qu'ils se disent, ce que ça a éveillé en eux. Serait-ce « Si elle y arrive, alors moi aussi je peux le faire » ou « Ça n'a pas l'air si compliqué, surtout si c'est *ça*, la littérature ! » ? D'une certaine façon, c'est bien, cela me fait décomplexer. Je ne dois pas correspondre à l'archétype qu'ils se font d'un écrivain.

Louise

Chère Louise,

Avec les proches, tant qu'on n'a pas franchi un certain cap, celui de la publication, puis celui d'un certain nombre de ventes, on n'est pas prise au sérieux. Puis, quand cela dépasse toutes les espérances, le regard que l'on pose sur nous se transforme et devient incrédule.

Malheureusement les commentaires familiaux ne s'arrêtent pas avec les années ou avec le succès. Voici un court florilège de ceux exprimés par mes proches : « Ce n'est pas ton meilleur. » « C'est dur pour nous. » « Vu que tu ne veux pas savoir, on ne te dit rien, mais franchement… Bon, au moins, c'est bien écrit ! » « Elle est extraordinaire, cette photo, on ne te reconnaît pas ! »

En écrivant, Louise, on s'expose. Mais ce n'est pas tant le regard des lecteurs qui fait peur, c'est le fait de s'exposer aux foudres et à l'incompréhension de sa famille, qui parfois se sent pointée du doigt, trahie, alors que pas du tout.

J'ai l'impression d'être un écrivain public, quelqu'un qui écrit ce que d'autres n'écrivent pas mais ressentent. Comme si j'avais la mission de raconter ce qui nous rassemble en tant qu'êtres humains, et pas ce qui nous divise.

Alors, mes proches, je les ai depuis longtemps fait sortir de mon bureau.

Madeleine

Chère Madeleine,

Faisant un métier avec une résonance publique, il semblerait que notre travail appartienne à tout le monde et que ce soit considéré comme normal, convenu et accepté pour nous d'être soumise aux jugements et aux conseils de tous. Mais est-ce que, moi, je viens sur leur lieu de travail pour dire : « Ah, ton boulon, je ne l'aurais pas vissé comme ça ! »

Alors ce que je propose c'est qu'on va faire comme si c'était mon nom en haut sur le livre, comme si c'était moi la romancière, et on va dire que c'est moi qui décide. Et je décide que je ne veux plus entendre l'avis des proches. Je ne veux plus les sentir lire par-dessus mon épaule, grimacer, quand j'essaie déjà désespérément d'écrire. Et je ne vais pas attendre qu'ils soient tous morts pour dire ce que j'ai à dire ! Envie d'être écrivain ? Prenez un crayon et une feuille !

Se souvenir, encore et toujours, que l'on n'écrit pas pour sa famille…
Louise

Chère Louise,
On n'écrit pas pour sa famille, on écrit malgré elle.

7

Chère Madeleine,

Jour J. Le livre sort aujourd'hui. Le moment de la publication provoque toujours un véritable *baby blues*. Après avoir dialogué de manière constante et quotidienne avec mes personnages, c'est dur de les laisser partir, mais je sais qu'il faut leur dire adieu. C'est pour notre bien à tous.

Et puis, ce qui est difficile, c'est qu'on ne peut plus rien faire. Le texte est imprimé, il ne nous appartient plus, on y a mis toute notre énergie, et le jour de la sortie, généralement, notre journée est banale. Il ne se passe rien. On est chez soi, dans la plus grande solitude, on prend sa douche, on se sent vide, insipide, désemparée. On a été très ambitieuse, mais est-ce que cela va se voir ? Est-ce que cela va plaire ?

Alors, voilà, j'attends. Je suis dans une attente et un doute aussi immenses l'un que l'autre. Moi qui ne suis jamais sûre de moi, aujourd'hui c'est pire.

Comment faisiez-vous, Madeleine, pour ne pas sombrer chaque fois dans un très grand désarroi ?

Louise

Chère Louise,

Pour ma part, dès lors que le bon à tirer était signé, que l'impression était lancée et que je ne pouvais donc plus rien faire de plus pour ce texte, je retapais dans l'ordinateur le journal d'écriture que j'avais tenu tout au long de la rédaction, et cela me tenait occupée au moins jusqu'à la publication du livre. Ainsi, j'étais moins vulnérable quand le livre sortait car j'avais l'impression d'avoir déjà tourné la page et d'être à nouveau dans l'action. C'est toujours intéressant de relire ses annotations parce qu'on remet les choses à distance. Et puis, c'est gratifiant de redécouvrir son ambition de départ et de réaliser que l'on a fait le roman que l'on voulait écrire, de la manière dont on voulait l'écrire. C'est important de pouvoir se dire : « Je n'ai rien à me reprocher, il existe tel que je l'avais imaginé, je peux passer au suivant. »
Madeleine

Chère Madeleine,
Mais sur quel sujet ? Comment pouvez-vous le trouver si vite, savoir si tôt que c'est le bon ?
Louise

Chère Louise,
Après des mois d'écriture, on est vidée. Il faut se remplir : de lectures, de beau, de nature, de spectacles, de tout. Laisser à nouveau entrer la vie. Tout cela au fil de nos envies et dans un chaos tout à fait irrationnel. C'est à la fin que tout se rapproche, se tisse harmonieusement et fait sens. Souvent je me dis

que j'ai trois idées, et en réalité cela ne fait qu'un seul roman.

Donc, au moment où je me remets à ma table, je ne le sais pas encore moi-même, mais ce qui est intéressant, c'est que le sujet du nouveau roman est toujours déjà en germe dans le précédent.

Ce sont les pistes qui nous ont travaillées, sur lesquelles on a écrit des pages et des pages, et qui finalement, dans l'intérêt du roman que l'on vient de terminer, ont été écartées car c'était une autre idée, une autre histoire, un autre sujet. Parfois, dans ce magma délaissé, c'est un titre, un mot, une sensation, qui me donne une direction.

Quand on publie un livre, il y a toujours quelque chose à quoi l'on a été obligée de renoncer. Et ce n'est pas si grave. Si je n'ai pas pu parler de cela maintenant, c'est la raison pour laquelle j'écrirai d'autres livres plus tard.

Madeleine

Chère Madeleine,
Sur ce livre-là, je ne vois vraiment pas à quoi j'ai renoncé.

8

Chère Madeleine,

Il m'a quittée. Il m'a laissé une longue lettre, lui qui d'habitude n'écrit pas tant. Je vous la recopie du mieux que je peux. Je m'excuse par avance pour les ratures, les tremblements et les bavures.

Je n'ai pas réussi à le retenir. Je sais que je le rendais malheureux. Je sais aussi que cela lui a demandé du courage. Mais que c'est dur !

Je vais aller marcher quelques jours. Je vous écrirai à mon retour.

Je vous embrasse fort.

Louise

« Louise,

Je te quitte. De toute façon, tu n'aimes personne. Tu ne sais pas aimer. Peut-être ton cœur est-il trop petit, trop sec, trop dur, pour aimer quelqu'un d'autre que toi. Tu es comme ça, égoïste, et tu n'y peux rien. Tu ne peux pas te "sacrifier", "prendre sur toi" pour faire plaisir aux autres. Moi, j'appelle ça aimer.

Je ne te demande plus de m'aimer (ou de faire semblant), garde le peu de place qu'il te reste dans ton cœur pour nos deux enfants. Je ne suis même pas sûr qu'il soit assez grand pour eux.

"On ne pourra pas sauver tout le monde", dis-tu : j'ai décidé d'arrêter de te sauver, et de me sauver. Parce que j'ai enfin compris que l'on ne peut pas changer les autres. On peut juste se changer soi.

"Les hommes ne partent pas, ce sont les femmes qui quittent. Les hommes ne partent que quand ils ont trouvé l'amour." Pourtant, je pars. Sans avoir trouvé quiconque. Juste la certitude que, ailleurs, sans toi, ma vie sera plus heureuse et que je vais pouvoir recommencer à vivre.

À tes côtés, je me sens vieillir, moisir, dans l'attente d'un peu d'attention de ta part, dans l'espoir d'un peu de bienveillance dans ton regard. Mais tout cela ne reviendra pas. C'est trop tard. Nous avons laissé pourrir les choses.

Nous ne sommes plus un couple, plus amoureux, juste des colocataires, et les parents de nos enfants. Nous sommes plutôt d'accord sur leur éducation. C'est peut-être ce qui nous a trompés. Nous n'avons pas vu que nos embarcations s'éloignaient l'une de l'autre.

Nous ne nous disons jamais rien. Nous ne sommes pas les rois de la communication. Jamais nous ne nous asseyons posément pour avoir une discussion, pour nous dire les choses. Celles qui font mal, mais qui sont vraies, celles qui ont besoin d'être dites, d'être entendues, celles qui sont vitales à un couple pour continuer ensemble, pour mesurer l'attachement existant. L'attachement restant. Alors, de notre amour, il ne reste plus rien.

Si je te demandais de faire un effort, d'essayer encore, je connais déjà ta réponse. Alors c'est fini.

Toi, tu n'aimes rien, ni personne. Si, tes livres. Ça, pour rester enfermée des heures dans ton bureau, avec tes mots, tes écrits, oui, tu es là. Mais à table, au goûter, quand les enfants racontent leur journée, le soir, quand on échange en famille, tu n'es pas là. Ta chaise est occupée, mais ton esprit est ailleurs. Tu ne coupes jamais. Tu nous fais toujours passer au second plan.

Je ne te demande pas de choisir entre l'écriture et ta famille, parce que je suis sûr qu'on perdrait.

Je t'avais dit une fois qu'il n'y aurait rien de pire pour moi que d'être quitté pour personne, parce que je saurais que le problème viendrait de moi. Là, c'est moi qui te quitte car depuis des années tu as quelqu'un d'autre dans ta vie, l'écriture.

Moi, derrière le livre que tu lis, celui que tu écris, je n'existe plus. Je suis devenu invisible. Tu m'es devenue infidèle. Tu pars dans ton imaginaire retrouver tes préférés. Ceux qui ne sont pas aussi bruyants et remuants que tes enfants, ceux qui te demandent moins de chaleur et de tendresse que ton époux.

As-tu remarqué que depuis quelque temps je ne t'attends plus, j'organise ma vie avec mes fils sans te proposer de nous accompagner. Si c'est pour te voir fermée, à soupirer, parce que les bruits t'insupportent et te font mal au crâne, on préfère autant s'amuser sans toi. Reste avec tes petits personnages. Les lecteurs seront nombreux et contents, eux. Et toi, tu seras seule. Toute seule. Comme tu l'as toujours souhaité. "Enfin tranquille". Comme ton épitaphe.

Toi qui aimes les mots, je t'écris cette lettre. Je la mets en évidence sur ton bureau. Là où je sais que tu la trouveras. Mais, moi, tu ne me trouveras plus. Ni dans notre lit, ni dans notre maison. Je pars et je reprends mon cœur.

Tu aurais aimé un amoureux plus littéraire, une correspondance enflammée. Je t'écris cette lettre, la première et la dernière. Une lettre de désamour. Et ne sois pas surprise, tu trouveras dans les prochains jours une autre lettre. Celle de mon avocat. Toi qui as toujours peur d'ouvrir la boîte aux lettres, par peur des mauvaises nouvelles, peut-être que celle-ci te réjouira.

Je te laisse la maison, toi qui y tiens tant. Surtout quand elle est vide. Je reprends ma vie. Continue la tienne. Avec ta nouvelle meilleure amie. La solitude. »

Chère Louise,
Aucun mot de ma part ne pourra vous consoler. Je pense fort à vous. Je suis là si vous en avez besoin.
Madeleine

VII

« S'écrire, se réinventer, s'autoriser. »

bell hooks

1

Chère Madeleine,

J'ai longuement réfléchi. J'aurais pu lui dire que j'allais essayer de changer, que j'allais essayer d'arrêter d'écrire, mais quand nous nous sommes retrouvés face à face rien n'est sorti de ma gorge, et je me suis simplement entendue lui répondre « d'accord ». Mais d'accord sur quoi ? Pour voir nos vies exploser, nos existences foutues en l'air ? Les mots m'ont manqué. Encore une fois.

Définitivement, je ne sais pas dire, juste écrire, et cela me rend impuissante.

Je ne pensais pas que ça nous arriverait. Pas à nous.
Louise

Chère Louise,

Il était malheureux et il a compris que vous ne changeriez pas. Que vous ne pouviez pas changer. Pas sans être malheureuse à votre tour. Alors c'est peut-être mieux que cela finisse ainsi. Que ce soit lui qui décide de partir. Avant qu'il n'ait trop d'aigreur envers vous et que cela détruise tout ce qui était beau, tout ce que vous aviez construit ensemble.

Si vous n'êtes plus le couple d'antan, vous restez de bons parents. Triste et maigre consolation, je le sais.
Madeleine

Chère Madeleine,
Je n'ai même pas essayé de le retenir... Qu'est-ce qui ne va pas chez moi ? Tout le monde aurait supplié. Pourquoi moi, *physiquement*, je n'en ai pas été capable ? Suis-je une mauvaise personne ?
La seule réponse honnête qui me vient est que je ne voulais pas le faire souffrir davantage. Je l'aimais mais il ne se sentait plus aimé comme il l'aurait voulu.
Alors on a perdu. Tous les quatre. Et tout est détruit.
Louise

Chère Louise,
Quand tout s'écroule autour de nous, nous sommes obligés de repartir de zéro. De reconstruire notre vie à l'aune de ce que nous sommes aujourd'hui, et pas selon ce que nous étions auparavant. Il n'y a pas de transition. On grandit d'un coup. Et l'on apprend beaucoup sur soi.
Madeleine

Chère Madeleine,
La vie s'amuse avec nous comme avec des marionnettes... Il me quittait et la semaine suivante on me remettait un prix ! Mon premier.
Cela aurait dû être *la* consécration. Nous aurions dû sortir la bouteille de champagne, celle que nous

avions mise au frais il y a si longtemps, en attendant le jour où nous aurions quelque chose d'incroyable à fêter… Mais, cette bouteille, on ne la boira jamais ! Jamais ensemble.

Et sur l'estrade j'étais seule.

J'ai ensuite enchaîné une tournée des librairies, des interviews avec la presse locale, et tant de rencontres avec les lecteurs. Il fallait sourire, parler de moi, être joyeuse, montrer que tout allait bien. Que tout était comme d'habitude.

Quand je suis revenue de ce tourbillon médiatique, la maison était vide. Moi qui aimais le silence, il va falloir que je m'habitue.

Louise

2

Chère Madeleine,

Tout le monde pense que le roman qui vient de sortir est mon meilleur, les lecteurs et les critiques semblent d'accord. J'ai une presse pointue et unanime, on m'encense, me demande si j'en suis heureuse, mais… C'est toujours comme cela, n'est-ce pas ? On ne peut pas tout avoir ? Pas tout d'un coup ? Pas trop de bonheur en même temps ?

Alors est-ce moi le problème ?

Il faut croire que je mérite ce qui m'arrive, que ce n'est pas injuste, que je l'ai bien cherché, que je n'avais qu'à changer après tout, qu'il y avait eu des signes avant-coureurs, que je n'avais qu'à les voir, qu'à faire des efforts pour tout sauver ? Que si mon couple et ma famille étaient aussi importants pour moi que je le disais, j'aurais… arrêté d'écrire ? Était-ce cela l'unique solution ?

Louise

Chère Louise,

On ne devient pas écrivain par hasard. On devient écrivain parce qu'on n'a pas le choix. Parce qu'avant d'écrire, déjà, on ne savait pas vivre. Pas être comme les autres.

Dès l'enfance, on était différent. On bataillait jour et nuit avec nos démons intérieurs, on se reprochait constamment notre personnalité étrange, on cohabitait avec soi. Bref, on survivait. Et puis un jour – paradoxe ultime – nous faisons quelque chose de cette différence et nous sommes précisément encensés et reconnus pour notre singularité. Alors on peut cesser de batailler et s'accepter tel que l'on est.

C'est cela, un artiste.

Après, c'est vrai, il y a toujours des répercussions. Je vous l'avais dit, écrire change tout dans une vie.

Madeleine

Chère Madeleine,

Ce n'est pas possible, ce ne peut pas être *ça*, la vie d'artiste ? Pourquoi devrait-on choisir entre sa passion et l'amour ?

Il y a bien d'autres femmes artistes en couple ? D'autres écrivaines qui ont réussi à mener les deux de front ? Vous qui avez plus d'expérience et de connaissances que moi en la matière, connaissez-vous ne serait-ce qu'une écrivaine qui soit restée en couple ? J'entends couple d'un premier mariage « traditionnel », hétérosexuel monogame avec enfants, et qui ne se soit pas fini par un divorce, un suicide, un abandon de son art ou un changement d'orientation sexuelle ? Je cherche, mais je ne trouve pas.

Louise

Chère Louise,

Pour répondre à votre question, j'ai fait de longues recherches et j'ai balayé une large liste d'écrivaines reconnues pour leur œuvre : Marguerite Duras, Annie Ernaux, Sylvia Plath, Daphné du Maurier, Françoise Sagan, Doris Lessing, Nathalie Sarraute, Joyce Carol Oates, Clarice Lispector, Edna O'Brien, Toni Morrison, Susan Sontag, Jean Rhys, Katherine Mansfield, Margaret Atwood, Maya Angelou, Lydia Davis, Alice Munro... Pas de mari avec lequel elles seraient restées. Et pour Marguerite Yourcenar, Selma Lagerlöf, Tove Jansson, Gertrude Stein, Virginie Despentes, Colette, c'est toujours non. Pour les oui, je n'ai pas trouvé.

La seule qui m'est venue à l'esprit, c'est Joan Didion. Quarante ans de mariage, des difficultés pour avoir leur unique enfant, mais son mari écrivait. Peut-être est-ce là une des clés : avoir un compagnon de vie aussi passionné dans un projet que soi et qui ne considérerait pas l'investissement personnel de sa compagne comme un problème.

Madeleine

Chère Madeleine,

Alors c'était écrit que ça finirait comme ça ? C'était ça que vous me disiez. Que ça finit toujours comme ça pour nous toutes... Le problème n'est donc pas uniquement moi.

Pourquoi cela ne révolte-t-il personne ? Pourquoi ne l'ai-je jamais lu, jamais entendu ? On parle de muses, à la fois artistes et ultratalentueuses, qui ont été oubliées ou à qui on a demandé d'arrêter de créer, mais pourquoi ne parle-t-on jamais de ces échecs de femmes artistes à répétition ? Sommes-nous trop silencieuses ou le monde est-il trop sourd ? Ou alors n'est-ce un problème pour personne d'autre que moi… ?

Pourquoi tout cela ne se sait pas à l'avance ? On protégerait notre liberté bien différemment.

Louise

Chère Louise,

Cela va finir par se voir et se savoir : il y a de plus en plus de femmes indépendantes qui se mettent à créer.

Peut-être que ces couples durables existeront davantage dans votre génération… Les femmes d'aujourd'hui sont plus libres et les hommes plus fiers de la réussite de leur compagne. L'avenir vous le dira.

Mais vous, Louise, vous retrouverez quelqu'un. C'est quand on ne veut pas, quand on ne le choisit pas, que cela nous tombe dessus. Toujours.

Moi, ma dernière grande passion amoureuse, je l'ai vécue à 52 ans. Pour certains, le visage et le corps des femmes, passé cet âge, sont une ville bombardée. Je ne suis évidemment pas d'accord.

Moi qui suis dans le contrôle, qui ne donne jamais sa chance à ce qui n'est pas prévu et qui ne me laisse pas facilement approcher, je ne saurais dire pourquoi, mais là toutes mes défenses, mes réticences, mes peurs sont tombées. Et moi aussi, je suis tombée. Amoureuse.

Avec lui, c'était irrationnel. Ce n'était pas un compagnon de vie pour moi et nous le savions tous les deux. Mais ces moments sont uniques dans une vie, alors il faut les vivre à mille pour cent, les chérir, les boire jusqu'à la lie, parce qu'une bouteille comme cela ne reviendra pas.

Nous en avons profité mais cela s'est arrêté, et c'est mieux ainsi. Même si l'espace d'un instant on aurait aimé que la magie dure, qu'il n'y ait pas la vie avec ses trains, ses obligations, mais savoir néanmoins que, quand il montera dans son wagon, tout sera fini. La magie disparaîtra, et il faudra parler de tout cela au passé, et faire le deuil de quelque chose qui, le temps d'une parenthèse, m'aura fait battre le cœur un peu plus vite.

Ce qu'il reste de nous, je le garde précieusement en moi. Cela y existera toujours et je peux le convoquer quand je le souhaite.

Avec les réactions très cérébrales qui sont les miennes, j'ai souvent douté d'être humaine. Alors je suis toujours surprise et soulagée quand je trouve en moi des émotions si fortes qu'elles affleurent soudainement et me submergent sans raison. Je me rends compte alors que je suis comme les autres, que moi aussi je peux éprouver de tels sentiments.

Cette aventure m'a rappelé que je n'étais pas qu'un cœur de pierre. Que je pouvais dégeler, même un instant, même une journée.

C'était un ticket simple dans le monde des vivants. Et j'en ai bien profité. Ma dernière amourette et j'ai été chanceuse de la vivre.

Et puis, être seule, ce n'est pas si grave. C'est juste se dire que cela fait longtemps qu'on n'a pas acheté un poulet, et que ça n'arrivera plus, ou pas de sitôt.

Madeleine

Chère Madeleine,

C'est très beau de se voir accorder ce genre de moments suspendus. Je n'y compte guère et je pense qu'il faut y être réceptive, le vouloir un peu, pour que cela nous arrive.

J'ai gardé mon alliance et ma tranquillité. Pas disponible. Et puis, s'il faut vraiment choisir, j'ai choisi. Je suis mariée à l'écriture. Corps et âme dédiés. Je n'ai plus que ça à faire désormais.

Mais vous, Madeleine, je suis désolée d'être curieuse et impolie, mais n'auriez-vous pas pu le rappeler ? Prolonger cet instant ? Concilier passion et écriture ? N'est-ce pas triste de s'interdire l'amour quand il est là et frappe à la porte ? Vous pourriez encore.

Puis-je vous demander comment vous avez fait pour vivre entre vos 52 ans et maintenant aussi seule ?

Louise

Chère Louise,

L'amour, j'y ai renoncé, et depuis longtemps. Cela fait trop mal et je ne veux plus souffrir. Vivre dans cette attente, dans le fol espoir d'une âme sœur qui existerait peut-être quelque part... Je suis très ambitieuse et je ne veux pas vivre les choses à moitié. Moi, j'aurais voulu que cela me tombe dessus, que ce soit harmonieux et qu'il n'y ait aucun problème. Mais, éternellement, en amour, on échoue, éternellement, on souffre. Inutilement. Être follement amoureux l'un de l'autre n'est même pas suffisant pour qu'une histoire tienne ! Si ce n'est pas l'une des plus grandes injustices qui existent, je ne sais pas ce que c'est...

L'amour est une chance mais c'est aussi beaucoup de souffrance, et moi, avec mes enfants, j'en ai vécu assez. Alors tant pis pour moi, tant pis pour l'amour.

Je sais qu'il suffit d'*une* rencontre, c'est vrai, et la grande injustice de la vie, c'est qu'il y en a qui la font et d'autres qui ne la feront jamais. Mais ce n'est pas grave. Il y a tellement d'autres délices dans la vie, tellement d'autres joies... Je n'ai pas renoncé à l'amitié, par exemple, parce que, quand on a compris les contours de chacun, on sait très bien ce qu'on peut attendre les uns des autres. Il y a une sorte d'harmonie qui s'installe.

Et puis, je ne m'ennuie jamais, je crois que je suis tout le temps heureuse, parce que j'accepte aussi les moments de grand gouffre, et c'est ce qui fait une vie. Des hauts et des bas que l'on ne contrôle pas. Des émotions irrépressibles. Sinon on serait anesthésié. Comme déjà mort.

De toute façon, ce qui m'aura donné le plus de joie dans ma vie entre aimer, être aimée et écrire, c'est écrire. C'est assez effrayant de le dire, je le sais, mais je l'aurais déjà dit à 40 ans. Enfin peut-être pas dit, mais pensé. Cela a toujours été l'amour ou l'écriture. L'écriture ou la mort. Sans écrire, la vie ne vaut pas la peine d'être vécue. Et cette possibilité de joie, on ne me la volera pas.

Dans mon existence, j'ai vécu des drames et, toujours, je les ai surmontés. Je les ai éloignés en écrivant. Nous n'avons pas d'autres choix que d'en faire quelque chose. Cela ne guérit pas, mais au moins cela n'est pas arrivé pour rien, et cela peut servir à quelqu'un.

Madeleine

3

Chère Madeleine,

Ma vie est en morceaux et mon écriture aussi. Comme dans un puzzle, j'ai des pièces, des bouts, des fragments. Maintenant que j'ai le temps, je n'arrive plus à écrire. Je n'ai pas la tête à ça, pas l'envie.

Sans amour, l'existence paraît floue. Futile. Sans quelqu'un qui porte un regard tendre sur nous et nous fait exister, on a du mal à s'endormir, à se projeter dans l'existence. À vivre tout simplement. C'est ce grand doute-là qui me terrifie. Aurai-je encore le même élan de vivre ?

Louise

Chère Louise,

Arrêtez de douter pour rien ! Vous croyez que, si Picasso avait douté de son art, le monde aurait vu autre chose que des gribouillages que même un enfant de 8 ans peut faire ? Redressez-vous, bon sang ! Et cessez de pleurnicher ou de dire des bêtises !

Vous allez continuer parce que vous n'avez pas le choix. Parce que vous ne pouvez pas faire autrement. Et la chance que nous avons quand on est artiste, c'est que les drames ordinaires que nous traversons tous, on peut les utiliser. L'écriture est une façon de se réapproprier une histoire que l'on n'a pas choisie mais qui est la nôtre. La vie et ses injustices, ses deuils, ses séparations. Que vous soyez d'accord ou non, vous êtes soumise à ce qui vous arrive. L'écriture est le moment où le processus s'inverse, où l'on remet de l'ordre afin de construire un récit dont on a besoin pour guérir, pour avancer. Et la fiction sert à redonner du sens à ce qui n'en a pas. Une œuvre d'art, c'est une souffrance partagée.

Et puis, vous l'avez, l'amour ! Et je ne parle pas de celui de vos lecteurs. Ce regard qu'un être porte vers vous en levant les yeux avec tant d'espoir et d'attente… Celui de vos enfants ! Pour toujours vous existerez dans leurs cœurs. Et, croyez-moi, c'est une chance. Je vous l'ai dit dès le début : c'est un cadeau pour une écrivaine que d'avoir des enfants ! Ainsi, on est recentrée sur ce qui est important. On fait notre part en préparant l'avenir et c'est rassurant de savoir qu'il ne s'arrêtera pas avec nous. Le quotidien devient plus léger, on est moins seule et moins en colère contre tous ceux qui pensent profiter d'un jacuzzi et ne comprennent pas qu'ils sont des grenouilles dans l'eau frémissante. Les enfants, ce n'est peut-être pas l'espoir, mais c'est au moins ce qui nous reste d'espérance.

Bien sûr, vous le savez, il y a eu des moments difficiles à être mère pour l'écrivaine que j'étais. Mais on n'a pas le droit d'avoir ce genre de pensée dans notre société, à moins d'être une mère indigne. À moins de vouloir être punie.

« Vous avez sacrifié tellement de choses pour l'écriture ! » Combien de fois l'ai-je entendue, cette phrase... Les sacrifices, les excès, c'est toujours dans le regard des autres, dans ce qu'il faudrait faire pour rester « normale ». Rester une femme, c'est-à-dire une mère et une épouse.

Ce n'est pas par hasard si j'ai arrêté d'écrire après mon divorce. Si j'en avais désormais tout le loisir, j'en avais perdu le goût, l'envie. Sans mes enfants, à quoi bon ? On les voit comme des contraintes, des obstacles, mais sans leur amour, on n'est plus rien. Plus aucun désir d'être ou d'écrire.

Et un jour, j'ai été grand-mère, il y a eu ma petite-fille Louise, et j'ai à nouveau cru que la transmission était possible.

Madeleine

Chère Madeleine,

C'est vrai, vous avez raison. Mes enfants me regardent et je dois les rendre fiers. À moi d'être un modèle pour eux, un exemple de femme forte et libre. D'essayer d'être un peu plus comme vous, et un peu moins comme...

Je travaille quand ils sont à l'école, j'arrête tout quand ils reviennent, je mets les bouchées doubles quand ils sont avec leur père... J'essaie d'être la meilleure mère possible, mais est-ce qu'ils le voient ou est-ce qu'ils pensent passer en second ? Je ne sais plus et je me pose des questions idiotes.

Parce qu'il y a bien une chose dont je suis absolument certaine dans la vie, c'est de mon amour pour mes enfants, ça, je ne pourrai jamais en douter.

Louise

Chère Louise,

Ce n'est pas une question idiote, mais au contraire très pertinente. Un soir, alors que je rentrais d'un Salon et que je montais les embrasser pour leur souhaiter une bonne nuit, mes enfants m'avaient demandé : « Est-ce que tu préfères tes livres ou nous ? » J'avais longuement dégluti ce jour-là et je pensais les avoir rassurés. Quant à mon mari, il était catégorique : « De toute façon, toi, tu regrettes d'avoir eu des enfants... » Je me souviens lui avoir répondu : « Non, je ne regrette pas – de toute façon, la question ne se pose pas, je n'ai pas eu le choix –, mais si j'avais une deuxième vie à vivre, oui, je la testerais sans enfants. Juste pour comparer. Et je suis persuadée que je ne serais pas plus heureuse et que mes livres ne seraient pas meilleurs. »

« Donc tu regrettes d'avoir eu des enfants ! » avait-il conclu.

« Non, mais quelqu'un qui me pose ce genre de questions, peut-être... »

Bien évidemment, connaissant aujourd'hui la suite de mon histoire, ma réponse serait tout à fait différente, et si j'avais une deuxième existence à vivre, je la passerais avec mes enfants chaque jour de ma vie.

Mais vous, Louise, qui contrairement à moi avez eu le choix, aviez-vous le désir d'être mère ? Cela faisait-il partie de vos « plans » de vie ? Ou n'était-ce même pas une question que vous vous posiez ?

Madeleine

Chère Madeleine,

Je ne voulais pas « être mère », mais je voulais « avoir un enfant » pour lui apprendre à s'émerveiller du monde, à créer, pour lui transmettre les choses de la vie.

Mon rêve à 25 ans, c'était d'être normale. C'était de prouver que, même si j'avais toujours eu l'impression d'être un mouton noir, je pouvais être comme tout le monde. Me marier, fonder une famille et être heureuse. Comme dans les contes et le fameux « ils se marièrent et eurent beaucoup d'enfants ». Moi aussi j'avais droit à ma part de bonheur. Alors je pense qu'être mère faisait partie de mon envie d'être comme les autres, mais je n'avais pas un désir profond de maternité, comme peuvent le ressentir certaines femmes.

Cependant, cela n'a pas été si simple, et je me suis perdue quand j'ai cessé d'être juste moi, quand je n'ai plus été « *une* ».

En me mariant, j'aurais dû devenir une bonne épouse, une bonne fée du logis, une bonne maîtresse de maison, une bonne cuisinière, une bonne belle-fille. Celle qui aurait dû écrire des cartes postales pour la famille, celle qui aurait dû faire les albums photo pour les offrir à Noël, celle qui… Mais celle qui a échoué surtout ! Celle qui n'avait pas le temps, celle qui ne savait pas s'organiser, celle qui ne pensait pas assez aux autres. Bref, celle qui était défaillante en plus d'être égoïste.

Et en devenant mère, idem. Je ne devais pas simplement être « moi avec un enfant », mais être une mère aussi patiente, agréable, compétente, enthousiaste, heureuse, épanouie, dévouée, organisée, présente que ma propre mère, ma belle-mère et ma grand-mère. Combien de nuits à me dire et à me répéter seule dans le noir : « Mais qu'est-ce qui ne va pas chez moi ? »

L'accouchement est une grande rupture avec qui l'on est. Il y a un avant et un après, une bascule dont on ne revient pas. La peur d'être enfermée, l'impossibilité de retrouver sa vie, la nécessité de rebattre les cartes. La naissance a déclenché une vraie peur. La peur de me faire aspirer.

Alors, après l'accouchement, j'ai eu besoin de changer les choses, j'ai eu un besoin viscéral d'indépendance, de me sentir autonome, aux commandes de ma propre vie et pas seulement copilote. Si je ne faisais pas quelque chose pour moi, j'avais la certitude que j'allais disparaître.

C'est à ce moment que l'écriture a resurgi dans un rêve et m'a sauvée.

Louise

4

Chère Madeleine,

J'étais dans un café, en train d'essayer d'écrire, quand j'ai surpris une conversation entre quatre femmes de l'âge de ma mère.

« Elle ne fait rien, pas la cuisine, pas le ménage, et, lui, il supporte ça ! »

Aussitôt, j'ai senti mon corps se raidir. Mon cœur s'est arrêté. Mes poils se sont hérissés. Je ne sais pourquoi, mais cela m'a agressée. Comme un coup de couteau en pleine poitrine.

J'ai beau être parano, je savais très bien qu'elles ne parlaient pas de moi. Pourtant, je l'ai pris personnellement. Comme si, malgré tous mes efforts passés et présents, cela me concernait encore et que je restais défaillante.

Jusqu'à peu, ma famille et la société ont pu penser cela de moi, et ça me blessait. Maintenant que j'écris et que mes proches voient la publication régulière de mes livres, je bénéficie d'une justification valable à leurs yeux, qui me dédouane un peu de toutes mes particularités. Mais dans le fond je sais que je n'ai pas changé, alors cette honte est toujours là, même si aujourd'hui plus personne n'est là pour critiquer.

Cela me traumatise que d'autres femmes subissent encore ce genre de pression et se prennent ce type de remarques, alors qu'elles essaient peut-être d'accomplir quelque chose en dehors du cercle familial. Mais immanquablement on les ramène au domestique. Cela me heurte encore plus que cela vienne de femmes qui, inconsciemment ou non, ne sont pas du côté des femmes. Et si les femmes ne sont plus des sœurs, alors il n'y a plus personne.

Personne pour nous rappeler que faire le ménage, la cuisine ou les courses n'est pas le summum de la réalisation personnelle. Personne pour nous rappeler qu'attendre d'être demandée en mariage n'est pas être aux commandes de sa vie. Personne pour nous rappeler que le mariage n'est pas plus un accomplissement pour la femme que pour l'homme, tout comme avoir des enfants. Personne pour nous rappeler que notre place pourrait être ailleurs. Toutes ces choses que nos mères et nos grands-mères auraient pu nous rappeler, mais qu'elles nous ont, au contraire, conseillé de ne pas tenter. « C'est pour ton propre bien, mon amour… »

Je me rends compte que ce n'est pas fini, ni pour moi, ni pour les autres. Que ce ne sera peut-être jamais fini, surtout si on se tait.

Louise

Chère Louise,

Au moment où nous devenons épouse puis mère, autour de 30 ans, on lutte encore pour exister, pour trouver sa place, pour faire comme il faut, pour être, si ce n'est la femme parfaite, au moins quelqu'un de bien. Mais, à 30 ans, sommes-nous nées ? Nous naissons tard à nous-mêmes parfois. À 30 ans, nous ne sommes pas encore nous, pas encore elle, pas encore celle que nous devons devenir. Ni elle, ni quelqu'un, ni personne.

La femme, quand elle est réduite à ses tâches ménagères, passe sa vie à se répéter – nettoyer un appartement qui va se resalir, préparer un repas qui va aussitôt disparaître, renettoyer la cuisine et les assiettes, ranger avant que tout le monde rentre et dérange, remplir et vider le lave-vaisselle plusieurs fois par jour… C'est Sisyphe. C'est un supplice. Et personne ne va le remarquer et encore moins nous en remercier. « Qu'as-tu fait aujourd'hui ? Ah bon ? Mais c'était déjà propre ! »

On œuvre pour une chose qui ne fera jamais œuvre. On touche ici à la question de l'aliénation. Pas étonnant que certaines femmes deviennent folles, dépressives ou alcooliques. Ou tout simplement fatiguées.

Est-ce que j'ai réussi à m'affranchir de ce à quoi l'on voulait m'assigner ?

Cela fait plus de soixante ans que j'y travaille et, chaque jour, c'est une bataille permanente pour ne pas jouer le rôle que l'on attend de moi.

Madeleine

Chère Madeleine,
Si cela me tourmente encore, c'est que cela m'attaquait en tant que femme et que je n'ai rien dit. J'ai

laissé faire. J'ai pensé que ça ne me regardait pas, mais en fait…

Je me rends compte avec vos mots qu'il va falloir lutter contre cela tous les jours de ma vie. Tous les jours, il va falloir reposer les limites. Tous les jours, il va y avoir quelqu'un pour me dire que je ne devrais pas être là. Et tous les jours, je vais devoir me défendre. Parce que ça ne s'arrêtera jamais que quelqu'un essaie de me remettre à ma place. Cela viendra peut-être des médias, des gens de la profession, des membres de la famille, et encore une fois cela sera quasiment imperceptible, mais en y prêtant attention, c'est incroyable cette répétition, cette persistance qui résiste et génère de l'illégitimité.

Peut-être qu'un jour des petites filles d'aujourd'hui devenues grandes n'auront plus à lutter ainsi, qu'elles se sentiront partout légitimes, partout chez elles.

Mais si cela me touche encore, c'est parce qu'une partie des femmes ont renoncé. Elles ont renoncé à la solidarité. Et aujourd'hui en ne disant rien, j'ai renoncé aussi, et je ne veux plus jamais faire partie de celles-ci. Je ne veux plus. Je ne veux plus que cela me blesse et me touche à ce point.

Je ne veux plus protéger les susceptibilités de chacun. Je ne veux plus me justifier. Jamais dans ma vie, par mes textes ou autre, je n'ai cherché à blesser ou faire du mal à quiconque. Je cherche à être utile, à partager des vérités pour qu'individuellement on se sente moins seul, à dire des choses que je sais être vraies, qu'elles soient vécues personnellement ou non. Si on décide de se vexer quand même, de prendre la mouche à chaque page, sans prendre en considération que je n'ai pas changé, tant pis !

Je ne veux plus avoir peur : peur de décevoir, de dire ce que je pense, d'être juste moi, de dire une bêtise, de ne pas être assez intelligente, d'être mal comprise, de n'être plus aimée, que ce que je raconte dans mes livres n'intéresse personne, que tout s'arrête.

Je ne veux plus qu'on n'attende rien de moi, je ne veux plus rendre des comptes sur la façon dont j'utilise mon temps, je ne veux plus le partager, seulement avec ceux que j'aime, mes enfants, la famille, les lecteurs et les animaux.

Je ne veux plus jamais que quiconque se dise incommodé par ma passion. Je ne veux plus céder sur mon désir, je ne veux plus céder sur ma trajectoire personnelle.

Je ne veux plus jamais me sentir en compétition avec personne, encore moins avec des femmes. Elles sont fortes, puissantes, inspirantes, et n'ont rien à envier à personne. Elles sont capables de tout, peuvent s'accomplir et être heureuses. Et moi aussi.

Je ne veux plus douter de moi, mais j'ai le droit de douter de mon travail et d'avoir la certitude à certains moments que ce que je fais, c'est objectivement « nul, nul, nul ! », qu'il n'y a rien à sauver, mais y retourner quand même, et y arriver.

Je ne veux plus être ni subordonnée, ni relative. Je ne veux plus que l'on me présente en parlant d'abord de celui qui a été mon mari et je ne veux plus que, quand j'arrive quelque part pour le travail, la première question que l'on me pose soit : « Et comment vont les enfants ? » Je ne m'extrais pas de mon quotidien pour que l'on m'y ramène aussitôt. Surtout que ceux qui me posent la question se fichent complètement de la réponse. Il semblerait que ce soit écrit quelque part que, pour briser la glace quand on n'a rien à dire à une femme ou qu'on ne la connaît pas assez, il faut lui parler de ses enfants. Mais demandez-moi comment je vais ! Nourrissez-moi de culture, d'art, d'expositions, de théâtre, de cinéma, de tout ce qui fait que je me sentirai à ma place en tant qu'artiste parmi vous, bien entourée et comprise, et surtout moins seule.

Je ne veux pas qu'on minimise, qu'on critique, qu'on rabaisse ce que j'ai accompli : trois romans en neuf ans, cela, on ne pourra pas me l'enlever. Et je ne l'ai pas volé. Tout ce que j'ai, j'ai travaillé pour.

Je ne veux plus jamais qu'on me fasse passer pour inférieure, faible, inintéressante, non importante, stupide, misérable, égoïste ou méchante. Les écrivains, c'est bien connu, sont des égoïstes. Mais les femmes qui écrivent sont *pires* : elles sont égoïstes *et* méchantes. En d'autres termes, elles font ce qu'elles veulent et disent ce qu'elles pensent. Et dans mon dictionnaire, désormais, égoïste + méchante = libre.

Et je ne veux plus jamais être de celles qui se taisent, laissent faire, n'osent pas dire, ou oublient la solidarité.
Je ne veux plus.
Louise

Chère Louise,
Et savez-vous désormais ce que vous voulez ?

5

Chère Madeleine,

La première chose que je voulais faire était de retourner dans ce café. J'y suis allée et, évidemment, elles n'y étaient plus. Et à ce moment-là, je croise un ancien collègue de travail, l'un de ceux qui avaient écrit aussi mais sans persévérer. Je le salue, il ne me répond pas, me toise et me dit : « Tiens, mais c'est madame l'Écrivain. C'est sûr, quand on a trouvé la recette miracle pour pondre des bouquins… »

Je ne lui ai pas laissé le temps de finir sa phrase. Il m'a prise de haut et il ne fallait pas, ce jour-là, me prendre de haut !

« La recette miracle, c'est le travail, ducon ! Il suffit d'en avoir vraiment envie et de se relever les manches.

Si tu avais ma capacité de travail, tu aurais toi aussi écrit trois romans en neuf ans ; si tu avais mon abnégation, tu te confronterais toi aussi au jugement des autres chaque fois ; si tu avais des couilles, tu remettrais toi aussi ta tête sur le billot, non pas sans peur, non pas sans risque, mais tu y irais quand même. On a le temps d'une vie pour créer une œuvre. Toi comme moi. Si tu n'as rien fait, c'est que tu n'avais pas vraiment envie, alors ne dis pas "Moi aussi si j'avais voulu, j'aurais pu", et assume !

Tu as peut-être manqué de courage ? Tu n'as peut-être pas tant de choses à dire que ça ? Tu n'as peut-être pas tant de facilités que ça ? Tu n'as peut-être tout simplement pas de talent. Ou alors te laisses-tu peut-être facilement déconcentrer ? Ou peut-être es-tu incapable de te confronter à ta propre ambition ? Mais assume. Pas d'excuses. Pas de jalousie. Pas de mépris. Et regarde-toi dans une glace un peu.

On ne met pas sa vie au service de l'écriture sans risque. Sans contrepartie. Et ça aujourd'hui je l'ai compris. Il n'y a pas de recette, sinon on ne serait pas tous là à ramasser nos dents. Elle est où, ta création, ta mise à nu, ta prise de risque ? Si tu l'avais fait, tu saurais dans quel état est ta vie aujourd'hui. En morceaux. Des fragments de partout qu'il faut essayer de recoller pour redonner un peu de sens à tout cela.

Moi, je sais ce que je fais et pourquoi je le fais. Alignée, pas de regrets. Tu veux me prendre de haut, te mettre sur un piédestal ? Très bien. Mais je sais ce que je vaux, je n'ai pas à rougir.

Qu'as-tu fait, toi, pendant que moi j'étais à ma table de travail, et pas aux soirées, pas aux remises de prix, pas au café d'en bas avec des amis ?

Tu es un moustique à mes oreilles, un bourdonnement jusque-là agaçant que je n'entends même plus. Tu vas disparaître comme tu as vécu. Oublié de tous. »

Ah, ça fait du bien !

Je suis peut-être allée un peu loin…

Je crois que je n'irai plus jamais dans ce café !

Moi qui ai toujours été incapable de dire, et seulement d'écrire, elles ont été là, mes vingt secondes de courage.
Je suis capable. Je le peux. Et désormais je le *dois*.
Louise

Chère Louise,
Mais j'espère bien que vous allez y retourner dans ce café !

6

Chère Madeleine,

Mon rôle sur cette terre, je l'ai trouvé : c'est de raconter des histoires. Des histoires qui nous rendent meilleurs, plus empathiques, plus respectueux des différences, et qui nous montrent un monde plus solidaire. Essayer d'apporter un éclairage sur nous, sur l'être humain, sur la société. Pour la faire avancer.

J'ai une vision du monde dans lequel j'ai envie de vivre, une vision peut-être idéaliste, mais sincère. Des femmes et des hommes dans l'action, comme vous, engagés et qui défendent des causes.

Mon temps, c'est un vote pour la société dans laquelle j'ai envie de vivre. Je ne donnerai plus une minute de mon existence à des choses qui ne me correspondent pas. Chaque soir, je vais désormais me coucher tôt et lire un livre. Chaque jour, je vais arrêter de suivre les fils d'actualité et je vais choisir les émissions de portraits inspirants qui redonnent du sens.

Je ne lutte jamais contre ; je lutte toujours pour. Alors je vais lutter pour ma liberté de femme. C'est à la fois la continuité et l'aboutissement de tout ce que j'ai fait jusqu'à présent. Tous les chemins menaient à cela, et je ne le savais pas. Voilà ce que je veux faire désormais, enfin, si j'y parviens.

Je le sens, je suis en train de me défaire de mes plus grandes peurs. Peur d'être abandonnée. Peur de ne plus être aimée. Ce n'est plus la peine de le redouter : c'est fait.

Et depuis hier soir, je partage un secret avec mon fils cadet. Un tatouage invisible mais bien réel qu'il m'a fait avec son stylo magique sur ma main qui écrit. Un mot susurré à l'oreille, que je me répète comme un mantra. Le mot le plus beau de la langue française pour me rappeler chaque jour que, quand j'écris, je suis... « LIBRE ! »

Maintenant, j'écris de cette main tatouée de liberté, sans contrat d'édition, sans pression. Et on verra bien ce qu'il adviendra de moi.

J'attaque une page blanche. Forte, libre et sans peur.

Louise

Chère Louise,

Pour vous, comme pour moi, une page se tourne et une nouvelle ère commence... et c'est avec les yeux pleins de larmes que je partage une bien triste nouvelle. Ma chienne, qui depuis quelques jours était amorphe, vient de se lever péniblement de son panier et de poser sa tête sur ma cuisse... pour rendre son dernier soupir.

Je ne devrais pas me mettre dans des états pareils, mais...

Qui pour me tenir compagnie désormais ? Qui pour me procurer les petites joies et les grands fous rires ? Qui pour égayer mon quotidien ?

Ce sera donc elle, la dernière qui… m'aura aimée.

Je sais que cela doit vous paraître bête – vous n'avez pas d'animaux, vous ne pouvez pas comprendre –, mais ce chagrin-là…

Je n'ai pas les mots.

Madeleine

VIII

« *En fait, la fonction de la femme est d'explorer, découvrir, inventer, résoudre des problèmes, dire des joyeusetés, faire de la musique – le tout avec amour. En d'autres termes, de créer un monde magique.* »

Valerie SOLANAS

1

Chère Madeleine,

J'ai pensé fort à vous ces derniers temps. Si vous le souhaitez, je peux venir passer quelques jours à vos côtés, mais je n'ose insister car je sais que rien ne pourra adoucir votre peine. Mais je tenais à vous rappeler que, moi, je suis toujours là. Et que je tiens à vous.

Il suffit d'un mot de votre part pour que j'accoure ou que je vous accueille chez moi. Comme vous me le disiez il y a fort longtemps, ma porte est toujours ouverte aux oiseaux et aux amies de lettres.

Ma vie de mère divorcée a repris son cours, les enfants sont grands désormais, l'aîné est entré au collège, et nous trouvons nos marques. J'écris de manière plus continue et plus sereine : d'ailleurs, je viens d'achever mon quatrième roman. Il sortira le mois prochain. Je vous en enverrai un exemplaire.

Vous m'avez enseigné qu'il était important de militer pour les choses que l'on aime, de protéger celles pour lesquelles on a de grandes convictions. Je crois que c'est ce que je dois faire dans ma vie, avec mes enfants et avec mes romans. En tout cas, j'ai commencé à le faire dans ma dernière histoire.

J'avais lu quelque part qu'à l'école les élèves filles étaient moins ambitieuses que les garçons, et cela m'avait surprise, elles sont généralement meilleures qu'eux. Quand on leur demandait quel métier elles pourraient faire, par exemple dans un avion, elles s'imaginaient hôtesses de l'air quand les garçons se rêvaient pilotes. Mais je crois que pour que les choses changent, encore faudrait-il que les noms de métiers existent pour elles aussi : *une* pilote, et tout deviendrait possible.

Dans mon dernier roman, j'ai essayé de montrer que, dès lors que le mot existe, la certitude que c'est possible existe aussi.

Et c'est la même chose quand on laisse dire « écrivain » au lieu d'« écrivaine » : on brise les ailes de toutes les petites filles qui auraient pu vouloir rêver en grand.

Alors une chose que j'ai pris l'habitude de faire sur les fichiers Word de mon ordinateur : ajouter des mots au dictionnaire ! Il me souligne en rouge « écrivaine », non ! On ajoute au dictionnaire. Il me souligne « impostrice », on l'ajoute. « Penseuse », on l'ajoute. À ma manière, je contribue à faire évoluer le dictionnaire, et c'est bien plus rapide qu'à l'Académie française. Vous a-t-on d'ailleurs proposé de devenir Immortelle et de rejoindre les fauteuils verts sous la Coupole ?

J'achève d'écrire ma phrase précédente au moment même où on parle de vous à la radio pour le Nobel ! Vous seriez en lice avec un autre écrivain qui semble,

lui, faire polémique. Ils ont débattu une heure pour savoir s'il fallait séparer l'homme de l'artiste. Oh, que j'aimerais que vous receviez cette distinction… Ce serait tellement mérité. Ne serait-ce pas formidable ?
Louise

Chère Louise,
Votre fraîcheur me consolera toujours. Pour l'Académie française, que Dieu m'en garde ! J'ai si peu de temps restant ! Laissez-le-moi pour terminer mon texte ! Et puis je suis bien trop impatiente et révolutionnaire pour accepter qu'il faille soixante-dix ans pour mettre à jour un dictionnaire. Surtout si je dois me résigner à ce que, de mon vivant, la définition de la « femme » passe de « femelle de l'homme » à « être capable de procréer ».

De toute façon, les honneurs ne m'intéressent pas. Je n'ai pas cet ego-là. Mon moteur, c'est l'action, pas le pouvoir ou le prestige. J'aime l'idée de me retourner et de me dire : voilà, tout cela existe, c'est réel, je l'ai fait et je peux en être fière. Cela témoigne de mon engagement, de ma persévérance, de mon labeur. Au crépuscule de ma vie, si on me demande ce que j'ai fait du temps imparti, je pourrai me regarder en face et dire que je ne me suis pas économisée. Que j'ai utilisé mon temps pour faire quelque chose qui, j'espère, aura eu un impact positif dans la vie des gens.

Plus jeune, je rêvais d'une grande notoriété, bonne ou mauvaise, cela m'était bien égal, je souhaitais simplement ne pas être invisible. Devenir quelqu'un, me prouver que j'existais bel et bien. Désormais, je suis assez indifférente à ce qu'on pense de moi. Rien ne m'empêchera jamais de faire ou de dire ce que je veux.

Et puis, je vous l'ai dit dès le début, on se fiche de la postérité, parce qu'elle est entre les mains des autres et les autres n'ont pas à décider de notre valeur. Elle ne peut advenir que par les prix que l'on vous remet, qui vous distinguent et vous donnent une légitimité pour perdurer auprès des générations futures. Sans ces reconnaissances officielles, dès lors que l'on meurt et que l'on arrête d'écrire – qu'on ait eu les plus grands succès, des lecteurs fidèles ou d'excellentes critiques toute sa vie –, l'œuvre commence aussitôt à disparaître. Les livres ne sont plus disponibles en librairie, plus réimprimés, et l'auteur n'est pas transmis à la génération suivante. Jusqu'à présent, on faisait toujours étudier les mêmes écrivains en classe, depuis peu on commence à diversifier et à moderniser, mais il était temps. Il faut lutter contre l'oubli systématique des œuvres et de leurs auteurs. Françoise Sagan est une des rares femmes à encore exister après sa mort, mais cela ne se fait pas tout seul, son fils y a beaucoup contribué. Il existe un véritable cimetière des éléphantes.

Alors, moi, cela fait longtemps que j'ai réglé la question de la postérité, je ne serai pas là pour le voir de toute façon. Donc à la question « Est-ce que mes livres vont me survivre ? », il y a deux réponses possibles : non, la plus probable, et oui, la plus mégalo. Comme je ne pourrai jamais le savoir, je n'ai pas une seconde à perdre là-dessus, alors j'ai tranché et décidé que oui, évidemment, mes livres auront une postérité, qu'elle soit petite ou grande, mes livres seront mieux compris dans quelques années encore et seront d'une grande utilité aux nouvelles générations, mais pour que cela advienne, je n'ai pas le choix : il faut que j'écrive, de mon vivant, les textes pour. Que j'aille loin, que je n'aie pas peur d'être incomprise, parce qu'en avance sur mon époque. Parce qu'à la fin il ne restera que les livres. C'est en eux qu'il faut mettre toute notre énergie. Et j'y travaille.

Alors, je trace mon sillon. Toujours le même. Toujours de la même façon. En étant libre d'écrire tout ce qui n'a pas encore été écrit, et qui pourrait déplaire. Je ne cherche pas à scandaliser ou à choquer. Non, j'ai simplement la volonté de transgresser ce qui me paraît injuste afin de faire avancer des choses !

C'est déjà une consécration incroyable que d'être lue de son vivant, de recevoir autant d'amour. Pensez un peu à Kafka, pensez à Van Gogh qui ne savent pas tout le bien que l'on pense d'eux aujourd'hui.

Et pour conclure sur le prix Nobel, cela fait vingt et un ans qu'ils parlent de moi ! Si un jour ils se décident et estiment que je le mérite, vous irez faire mon discours à ma place. Je sais qu'il sera bien écrit et lu avec cœur. Vous leur direz que j'ai fait du mieux que j'ai pu.

Je vous embrasse.
Madeleine

Chère Madeleine,
Une chose m'intrigue. On demande souvent : « Faut-il séparer l'homme de l'artiste ? », mais pourquoi la question ne se pose-t-elle jamais pour une femme ?

2

Chère Louise,

Je vous remercie pour la plume, devrais-je dire pour le duvet, du jeune faucon crécerelle que vous avez ajouté à votre dernière lettre. Cela m'a fait très plaisir.

Je me demande parfois si d'autres que nous rechargent leur stylo avec leur encrier, hésitent entre plusieurs couleurs, puis choisissent minutieusement leur papier, leurs enveloppes, et leurs timbres avec leur animal fétiche dessus. Peut-être existe-t-il même des épistoliers qui s'envoient leurs missives par pigeons voyageurs, qui écrivent avec une véritable plume qu'ils trempent dans l'encre, ou qui apposent leur sceau au dos de l'enveloppe ? Oui, sûrement... et nous ne sommes alors pas si révolutionnaires, ni démodées.

Puis-je vous demander de quoi parle votre roman qui m'intrigue plus que tout ?

Affectueusement,
Madeleine

Chère Madeleine,

J'ai longtemps reculé à écrire ce texte car il me faisait peur. Il fallait que je sois capable de le faire émerger, il fallait que je sois sortie du chaos, que j'aie retrouvé la pleine possession de mes moyens. Parce que, pour bien écrire, il faut aller bien. Simenon faisait même venir son médecin pour qu'il lui certifie qu'il était apte à « entrer » en écriture. Et pour ce roman-ci, il était important pour moi d'essayer de vous importuner le moins possible et de puiser dans mes propres ressources. Je voulais me prouver que j'étais capable d'écrire sans vous envoyer l'état d'avancement à tout bout de champ.

Mais pour cette histoire, j'avais surtout peur parce qu'il me fallait être à la hauteur. À la hauteur du sujet que je voulais aborder et à la hauteur littérairement parlant. Je ne sais pas si on est plus armée au bout de quatre livres que lors du premier, mais en tout cas, il me fallait me sentir prête.

Pour ce texte-là, à cause de la contrainte que je me suis imposée et que je vais vous expliquer, je ne pouvais pas me cacher derrière un narrateur omniscient. Il fallait que je prenne le « je », que j'assume un point de vue et des idées. Et que j'aille au bout.

Maintenant, concernant mon roman… C'est tellement difficile d'expliquer ce que l'on a voulu faire… Je ne sais par où commencer.

Est-ce que vous vous souvenez quand l'écrivaine Virginia Woolf dans *Une chambre à soi* a imaginé ce qui se serait passé si Shakespeare avait eu une sœur ? À savoir qu'en aucune façon, vu l'époque qui la reléguait au second plan et la confinait à la maison, jamais elle n'aurait pu faire éclater son talent au grand jour ? Ça, c'est mon point de départ.

Et vous connaissez ce très célèbre livre de Georges Perec, *La Disparition*, intégralement écrit sans la lettre « e », pour évoquer leur disparition à *eux*, ses parents ?

Il se trouve que j'ai moi aussi tiqué sur la disparition d'un « e » dans le dictionnaire : pourquoi écrivain et pas écrivaine ? Et j'ai eu envie de parler de leur disparition à *elles*. Les femmes artistes. Leur disparition dans les cuisines, sous les couches, dans les files d'attente des pédiatres…

Combien d'œuvres de femmes, ainsi empêchées, n'ont pas été créées ? Combien de chefs-d'œuvre n'ont pas vu le jour parce que leur créatrice s'est retrouvée enfermée, isolée, domestiquée, privée du rêve de s'accomplir en dehors du foyer. Les femmes ont toujours été empêchées.

On leur a inculqué l'esprit de « retenue ». Retenue par mille liens. On les a définies par leurs appartenances : femme de, fille de. On leur a appris à avoir peur. Qu'elles n'aillent surtout pas près de l'abîme ! Si elles faisaient le grand saut ! Et si elles ne tombaient pas comme une pierre, mais s'envolaient comme un oiseau !

Et ce roman, je l'ai écrit sans la lettre « L », bien évidemment. Parce que sans ailes, plus aucune liberté. Ni de créer, ni de vivre.

La tâche s'est révélée ardue – peut-être pas autant que pour la disparition du « e » –, mais cela a été un véritable défi que de m'interdire le « il » et le « elle » notamment. Après, je ne suis ni oulipienne, ni Georges Perec, et j'ai fait comme j'ai pu. Je ne l'ai pas mentionné dans le résumé du livre. Les premiers lecteurs le verront par eux-mêmes. Enfin, je suppose.

J'espère…

Louise

Chère Louise,

Tout d'abord, vous dites que vous n'êtes pas oulipienne, mais vous l'êtes : s'imposer de telles contraintes le prouve ! C'est l'esprit qui compte, pas la carte de membre. Par ailleurs, vous dites aussi que vous n'êtes pas Georges Perec. Et encore heureux ! Parce que vous êtes vous, que vous avez des choses à nous apporter en tant que vous, chère Louise Evan-Garel. Et on a besoin aujourd'hui de ces voix de femmes pour raconter ces histoires-là, qui, effectivement, jusqu'à peu, ne faisaient pas partie de la littérature.

Comme le déplorait l'écrivain Tristan Garcia lorsqu'il s'est rendu compte que dans son enfance il n'avait été confronté qu'à des textes écrits par des hommes : « C'est toute une littérature à laquelle il manque une moitié du monde. »

Madeleine

Chère Madeleine,

Je me souviens vous avoir demandé conseil pour mieux écrire, et vous m'aviez donné le meilleur : lire des auteurs, lire des auteurs, lire des auteurs. Mais je me demande souvent quelle écrivaine je serais si, enfant, à la place de lire uniquement des auteurs, j'avais aussi lu des autrices…

3

Chère Louise,
Le roman semble avoir beaucoup de succès et je vois que vous avez de très belles retombées médiatiques, comme vous n'en aviez jamais eu auparavant. Ce matin d'ailleurs, en allant chercher mon magazine littéraire dans la boîte aux lettres, je suis tombée par hasard sur une pleine page qui vous était consacrée. Un très bel article dans lequel on vous voyait, radieuse, dans votre maison. Ils vous ont accordé un entretien que j'ai trouvé très juste, moi qui commence à vous connaître. Je peux dire que ce portrait vous ressemble, et jusque-là cela n'avait pas été toujours le cas.

C'est étonnant, mais j'ai décelé des similitudes dans nos deux intérieurs. Des livres partout, certes, des tableaux, mais pas de photos de vos proches accrochées aux murs, pas de plantes non plus, de rares objets qui semblent tous avoir une histoire. Il y a chez vous une certaine forme de sécheresse, pourraient dire certains, d'ascèse, de rudiment. C'est très zen. Comme une volonté de ne pas faire entrer le désordre extérieur pour faire de la place à la création. Et j'ai aimé vos murs de couleurs sombres, et votre bureau positionné devant la fenêtre et son bocal d'arbres où l'agitation humaine ne passe pas. Juste quelques oiseaux.

Les lieux en disent beaucoup sur les gens.

Madeleine

Chère Madeleine,

Je vous remercie de suivre avec autant d'intérêt les articles qui me sont consacrés. Cela me touche profondément.

L'interview a été un très joli moment et la séance photo aussi. Moi qui déteste poser, le photographe m'a mise à l'aise. On a parlé littérature, nature, art, et l'on s'est rendu compte que l'on faisait le même métier : l'écriture. Lui par la lumière, et moi par les mots. Et cette fois, lors de l'entretien, aucune question embarrassante. Même la récurrente « Pourquoi n'habitez-vous pas à Paris ? », le journaliste n'a pas trouvé nécessaire de me la poser.

J'ai choisi le cadre dans lequel je vis et j'en aime tout. À la folie. C'est mon lieu à moi. Les arbres centenaires, la forêt, le silence, les oiseaux, les fleurs. Je lève les yeux de ma feuille à chaque mouvement derrière ma fenêtre pour suivre avec curiosité le remue-ménage des oiseaux. Comment ne pas les aimer ? Comment ne pas les observer si on en a la possibilité ? Ce sont les seuls compagnons sauvages qui nous apportent le spectacle vivant de la nature sous nos yeux toute la journée.

J'aime ma maison et vous avez raison : mon intérieur me ressemble.

Les arbres et les fleurs sont à leur juste place dehors et je n'ai donc pas de plantes en pot, mais des fleurs un peu partout dans la maison. Surtout des orchidées. Et depuis cette année, ça y est, enfin, à 40 ans, j'arrive à les faire repartir ! Je ne devais pas être très douée auparavant.

Louise

P-S : Vous trouverez dans l'enveloppe un bout de mon jardin : quelques pétales de mon rosier, celui qui sent délicieusement bon et qui n'aurait pas eu à rougir s'il avait poussé à Grasse. J'espère qu'ils sentiront toujours en arrivant chez vous et que la lettre ne sera pas trop tachée.

Chère Louise,

Les orchidées qui repoussent, c'est bon signe. C'est qu'elles sont heureuses elles aussi.

Il y a beaucoup de choses qui commencent à 40 ans…

Je ne sais pas si vous avez remarqué, mais cela fait plus de dix ans que vous écrivez, et dix ans, ce n'est pas rien. C'est un cycle.

Passer de 30 à 40 ans, cela transforme : l'écriture évolue, les centres d'intérêt s'affinent et votre vie de femme n'est plus du tout la même. Je vous l'avais dit, à 30 ans, une femme est rarement déjà née à elle-même.

Moi aussi il m'a fallu près d'une décennie entre mon premier texte et celui dans lequel j'ai vraiment trouvé ma voix. Je n'ai plus été la même après.

Vous êtes passée de la toute jeune femme naïve qui fait les choses avec cœur sans stratégie prédéterminée à la femme plus réfléchie, aux convictions plus affirmées, qui ose et prend confiance.

Une décennie pour sortir des couches, des biberons, des nuits sans sommeil, de la crèche, de la maternelle, des galères. Une décennie à mettre les autres au centre de ses préoccupations. À s'oublier.

Après notre travail de parent n'est pas fini, mais le plus dur est passé. Ils ont grandi, ils savent lire, ils consacrent leur temps de manière autonome à ce qu'ils aiment, ils se connaissent mieux. Avec le collège et les amis, nos absences sont moins remarquées. On leur manque moins.

Madeleine

Chère Madeleine,
Ce que vous me dites résonne beaucoup. On fait de notre mieux, mais on a toujours peur que cela ne soit pas vu, pas perçu. Et cette semaine, j'ai été quelque peu rassurée par l'un de mes enfants. Je vous recopie une partie d'une présentation que mon fils aîné a faite pour le collège à propos du métier de sa mère.

« Ma mère, je ne l'ai jamais vue travailler. Avec mon frère, on sait qu'il y a l'écriture d'un nouveau roman tous les trois ans, mais on ne l'a jamais vue devant son ordinateur. Jamais.

Généralement, c'est quand on est en vacances avec Mamie ou avec les cousins, qu'elle part à Paris et revient avec des pages et des pages de son nouveau livre. Elle n'est jamais contente donc elle retravaille ensuite pendant des mois, puis un jour, vers Noël ou la galette des Rois, elle dit : "On va au resto ? J'ai fini mon roman." Et, tous les trois, on est contents.

Le reste doit vraisemblablement se passer aux heures d'école parce que sinon je ne vois pas quand elle écrit. Pas la nuit en tout cas. Pas non plus le week-end, même si parfois elle lit et dit qu'elle travaille, elle écoute une émission de radio et dit qu'elle travaille, elle est couchée dans son lit ou allongée sur le canapé, et dit encore qu'elle travaille. Une fois, elle avait même les yeux fermés, et je crois que là aussi elle disait qu'elle travaillait.

Voilà, c'est ça, travailler, pour ma mère.

Ah si, pardon, j'oubliais. On l'a déjà vue écrire : des livres pour nous, les enfants. On l'aidait même. Maman inventait des histoires dans son coin et le soir, dans son grand lit, elle nous en faisait la lecture. Et toujours elle nous demandait notre avis.

Ça doit être cool, un métier qui se fait tout seul ! »

Et mon fils a conclu : « *Il y a une chose qui me ferait vraiment plaisir : ce serait qu'on écrive un roman ensemble, rien que tous les deux. Maman écrit, et moi je lui dis ce qu'elle doit écrire. Avoir mon nom sur un vrai livre à côté du sien, ça, j'aimerais bien.* »

Je n'ai peut-être pas tout raté finalement…

Louise

4

Chère Madeleine,

Dans tous mes romans, je me rends compte que je ne peux m'empêcher d'avoir des personnages très désalignés au départ et c'est par le roman qu'ils s'alignent. Ils entrent alors en parfaite résonance avec eux-mêmes, comme je l'ai également ressenti la première fois que l'on m'a lue.

Le remède pour moi a été la transformation par l'écriture. L'art a été ma bouée de sauvetage pour me libérer d'une vie qui ne me correspondait pas, pour lui redonner son sens. L'art, c'est précisément la liberté, c'est la possibilité d'échapper à toute norme, c'est la route que personne – que ce soit la famille ou la société – ne vous conseillera jamais, parce qu'il n'y a que nous qui puissions ressentir cette impériosité : c'est ça ou rien, c'est maintenant ou jamais !

En écrivant mon dernier roman, je suis allée au bout de quelque chose, j'ai fait peau neuve et cela a été une façon de dire au revoir à l'ancienne Louise. Ma façon de partir. De quitter ce monde d'avant qui était le mien.

Louise

Chère Louise,

On laisse beaucoup de nous-mêmes dans nos textes. Déjà des années de vie, consacrées à ce projet, dérobées aux vraies gens. Et puis, dans nos œuvres nous déposons, par le biais d'une histoire, le résultat d'une quête, qui vient répondre à une question intime que l'on se posait à ce moment-là.

Chaque œuvre nous transforme. On n'en sort pas indemne. Beaucoup de choses bougent en nous. Ce n'est pas toujours perceptible de l'extérieur, mais une révolution intérieure est en marche. Et il faut du temps et plusieurs œuvres pour atteindre la véritable mue. D'ailleurs, pour comprendre comment un auteur s'est mis à nu, a enlevé les couches de politesse pour se révéler à lui-même, il faudrait lire son premier texte publié et celui paru une décennie plus tard. Parce que l'écriture évolue par à-coups. D'un texte à l'autre, des choses bougent, travaillent en nous, cela ne se voit pas encore, et d'un coup, en une histoire, tout prend sa place, sa forme nouvelle, et vos écrits correspondent à la nouvelle personne que vous êtes.

Madeleine

Chère Madeleine,
Ce que vous m'écrivez me parle beaucoup.

De chaque roman, je ressors transformée. Je ne suis plus la même que quand j'y suis entrée. J'ai grandi, j'ai avancé sur le sujet qui me travaillait, je l'ai éclairé, lui ai apporté une réponse et je me suis découverte. C'est pour cela que l'écriture est une drogue, on ne sait pas à l'avance ce que l'on va y trouver. C'est en écrivant que l'on trouve. Que l'on se trouve soi. Et ce genre de grandes émotions liées à de grandes incertitudes, il n'y a que le sport et l'art qui les proposent.

Je crois que c'est mon texte le plus intime. Peut-être celui dont je suis le plus fière aussi. Et je dois avouer qu'il s'est passé quelque chose avec cette histoire. C'est la première fois où, au moment de l'écriture, j'ai eu l'impression d'être débarrassée de moi. La personne qui écrivait disparaissait et il y avait quelque chose de plus grand qui apparaissait et me dépassait. C'est la première fois aussi où je me suis dit que, s'il n'y avait pas d'autre livre après celui-là, ce ne serait pas si grave. Je ne m'étais jamais dit cela comme ça auparavant.

Louise

Chère Louise,
C'est parce que vous avez dit ce que vous aviez à dire. Vous l'avez trouvé et crié au monde. Parce que ce texte vous était *vraiment* nécessaire.

Il y a toujours une pudeur ou une peur qui fait qu'il est difficile de se dévoiler, de parler de ce qu'on connaît, de ce qu'on a vu, pour les partager, les donner à voir comme des vérités universelles qui dépassent notre propre histoire singulière. Rien que la prise de « je » montre une autorisation nouvelle que vous vous êtes donnée. C'est un bon modèle à suivre pour vos enfants. Eux aussi ont une voix qui compte.

Et puis, pour prendre le « je », il faut savoir ce que l'on veut. Ce que l'on veut dire. Et peut-être que pour la première fois de votre vie vous le saviez.

Madeleine

Chère Madeleine,

Effectivement, maintenant je sais davantage ce que je veux. Je veux déjà avoir le droit d'être moi, avec toutes mes failles, mes vulnérabilités, ce que les autres appelleraient défauts, mais que je refuse comme tels. J'ai le droit d'être imparfaite. Humaine.

Je veux également décider, trancher, avancer avec courage dans le doute, en me faisant confiance, en assumant l'entière responsabilité de mes choix.

Je veux être tolérante et bienveillante avec moi. Je veux me foutre la paix, être capable de prendre des décisions difficiles qui risquent de tout bousculer, mais qui ne me font plus peur parce qu'à la fin, je le sais, tout ira pour le mieux.

Je veux être indépendante, fière, aventureuse, sans gêne et capable de tout. Ma puissance viendra de ma détermination à continuer. À ne jamais céder sur mon désir.

Je veux continuer à écrire sans chercher à mieux écrire, sans chercher à prouver quoi que ce soit.

Je veux me remettre au centre. Moi aussi, je suis quelqu'un. Quelqu'un de bien.

Et je veux m'aimer davantage. Pour mieux aimer les miens.

Louise

5

Chère Madeleine,

Fut un temps, j'écrivais pour fuguer, pour fuir ma vie, mais je n'ai plus besoin de fuguer. Je peux vivre *et* écrire. Je n'ai plus besoin de choisir.

Je ne suis plus d'accord avec Marguerite Duras qui disait que l'écriture ne laissait pas le temps de vivre, qu'il n'y avait pas de vie hors de l'écriture. Pour moi, c'est d'abord la vie, avec ses joies et ses peines, et tout cela peut nourrir l'écriture.

Parce qu'on n'écrit jamais qu'à partir de soi. C'est notre matériau, on n'a que cela. L'artiste ne fait que créer à partir de lui-même. Sa matière première, c'est son existence, son imaginaire. On ne travaille qu'avec son stock, donc autant que ce stock soit le plus riche possible.

Si l'écriture reste mon moteur, la flamme qui me pousse à me lever le matin, c'est la vraie vie, celle qui me fait vivre le spectre complet des émotions, qui fait que je me sens pleinement vivante. Ce sont ces injustices qui me font me rapprocher de mon encrier et de mes pages encore blanches.

J'ai lu dans un entretien que vous aviez accordé il y a longtemps, chère Madeleine, que vous n'aviez

rien choisi dans votre vie. Est-ce vrai ? Moi, avec quarante-cinq ans de distance et grâce aux combats de femmes comme vous, j'ai l'impression d'avoir tout pu choisir dans la mienne.
Louise

Chère Louise,
Souvent vous me dites que je suis une grande sœur pour vous ou une amie ; moi, j'ai plutôt l'impression d'être une grand-mère ou carrément un dinosaure. J'ai tout vécu du siècle passé et vous le savez. Et votre génération, et celle après la vôtre, auront bien du mal à croire qu'en l'espace de cent ans tant de choses ont été transformées.

Les femmes de mon époque sont nées sans aucun droit. Même quand elles étaient plutôt libres à la naissance, dès lors qu'elles se mariaient, elles donnaient le pouvoir à leur mari. Il décidait de tout pour elles. Pas étonnant qu'une Simone de Beauvoir n'ait jamais eu envie d'accepter la demande en mariage de Sartre. Chaque droit a été conquis après de dures luttes et je les ai vus nous être accordés un à un dans ma vie. Il reste le droit de disposer de son corps pour choisir de mourir dans la dignité. C'est le dernier des droits que j'espère voir de mon vivant.

En fin de compte, entre mes 25 et mes 40 ans, j'ai fait ce que la société attendait de moi. C'est seulement après que je me suis libérée de tout. Que j'ai pu devenir moi. Et que j'ai pu reprendre le contrôle de ma vie. D'une vie. Pas celle que j'aurais souhaitée, mais d'une vie libre quand même.

40-65 ans, ce sont les plus belles années d'une femme. Après, souvent, les soucis s'en mêlent.
Madeleine

Chère Madeleine,
La seule décennie où il me semble avoir été vraiment vivante, c'est la dernière, 30-40 ans. Quand l'écriture a pris sa place dans ma vie. Quand je me suis autorisée, libérée, et que je me suis trouvée, moi.
On devrait toujours avoir le droit d'être soi.

6

Chère Madeleine,

Je reviens tout juste d'un tournage et je m'empresse de vous écrire.

J'ai été invitée à une émission que j'aime par-dessus tout et qui existe depuis plus de dix ans. Mais ce qui est le plus incroyable et le plus émouvant, c'est que, quand je la regardais à ses débuts, je me projetais et répondais déjà aux questions du journaliste, alors qu'à cette époque je n'avais encore jamais écrit de ma vie !

Comme je l'espérais, ce fut un moment très fort.

La première question a été : « Que diriez-vous à la petite Louise si vous pouviez retourner dans le temps ? » Je n'avais pas encore prononcé le moindre mot que déjà ma gorge se serrait. Je me suis sentie bête, tout se bousculait dans ma tête, trop de choses à dire, par quoi commencer. Mais à regarder la petite Louise, sur la photo, avec son regard droit et son sourire franc, je savais : « Elle n'a pas besoin de moi ou de mes conseils. Elle est plus forte que je ne le suis aujourd'hui. Elle n'a peur de rien. Ni de l'échec, ni du regard des autres. Elle ose tout et veut tout apprendre. Tout vivre. Elle a découvert la mort et sait qu'il n'y a pas de temps à perdre, qu'une vie ne suffit pas. Alors elle suit ses désirs, sans jamais attendre l'autorisation de personne. Et elle est même capable d'écrire à l'écrivaine qu'elle admire le plus au monde. Sans aucune peur. »

C'est le genre de parenthèse où l'on mesure le chemin parcouru, où l'on prend conscience, avec le recul et le regard des autres, de tout ce que l'on a vécu, de tout ce qui nous est arrivé et pourquoi on l'a fait.

Je me suis rendu compte que mon thème récurrent depuis toujours, même depuis la première histoire écrite à 10 ans, celle de la poussine et du renard, c'était l'histoire d'une solitude. D'une incapacité à être au monde, d'une impossibilité à être avec les autres, en groupe. Le désir intime du protagoniste est toujours de trouver sa place, afin de se réconcilier avec soi et avec le monde. Tous mes livres ne parlent que de cela.

L'animateur a conclu l'émission en me demandant : « Alors qu'est-ce que l'écriture vous a apporté, qu'est-ce qu'elle a changé dans votre vie ? » et j'allais lui répondre par un mot que vous ne connaissez que trop bien, « tout », lorsque l'émotion m'a submergée.

Parce qu'en vérité ce que l'écriture m'a apporté de plus précieux, c'est vous.

Louise

Chère Madeleine,

Tous les jours, je remercie la vie de vous avoir mise sur mon chemin, et tous les jours je m'interroge : comment font les autres artistes pour traverser les méandres de la création sans personne à leurs côtés ? C'est un parcours difficile. Un saut dans le vide, surtout quand on ne connaît personne. C'est si important d'être entourée, d'avoir quelqu'un avec qui échanger. Comment ferais-je si je n'avais pas une bonne fée à mes côtés ? Vraiment, je me le demande. Cela doit être impossible, sans entraide, de créer.

Louise

Chère Louise,

Je suis très sensible à ce que vous me dites et vos mots me touchent, mais il ne va pas falloir tarder à me remplacer.

C'est en écrivaine que j'aurai pensé et vécu, mais c'est en femme que je mourrai. Récidive de mon cancer du sein. Et je n'aurai pas la force, une seconde fois, de me relever de tout cela.

IX

« Ignorant quand l'aube viendra, j'ouvre toutes les portes. »

Emily DICKINSON

1

Chère Louise,

Le temps passe, et nul ne peut espérer vivre éternellement. Mes jours sont comptés – ils le sont pour nous tous depuis notre naissance –, mais les choses sont bien faites, c'est le corps qui lâche en premier ; fatiguée, la tête finit par se laisser convaincre. Alors ce cancer ne fait qu'accélérer les choses. Depuis quelque temps déjà, je perds la vue, je perds les mots, je confonds immanquablement « livre » et « libre ». À quoi bon vivre si je ne peux plus lire ? Si je ne peux plus rester libre ?

De toute façon, le temps devant moi s'était rétréci. L'avenir n'était plus le même, il m'offrait son horizon raccourci. « Dans vingt ans… » Ce genre de phrase n'était déjà plus pour moi. Dans vingt ans, je ne serai plus là. Ni dans dix ans. Je ne saurai pas qui sera le prochain président. Je ne saurai pas si nous réussirons à limiter le réchauffement climatique. Je ne verrai pas non plus les premiers humains aller à la conquête de Mars. Cela me concerne de loin, indirectement, par mes enfants, mes petits-enfants, mais ne me concerne plus. « Dans un an » me semble désormais hasardeux.

Il fut un temps où je regardais ma bicyclette et je me disais : « Non pas aujourd'hui, pas tant que je n'ai pas fini mon roman. » Aujourd'hui je sais qu'il est peu probable que je rende mon dernier soupir à cause d'une mauvaise chute à vélo ou en emboutissant ma voiture. Je ne suis pas vieille dans ma tête, ni particulièrement raisonnable, mais toutes ces options se sont amenuisées et ont disparu en même temps que ma vie s'est engouffrée dans la dernière partie de son entonnoir.

Progressivement, j'ai fini par me désengager de ma vie, par ne plus l'occuper tout entière. Comme une location saisonnière qu'il faudrait rendre. Je ne cours plus, je ne conduis plus, je ne nage plus, je ne fais plus de vélo, encore moins de ski ou de cheval, je ne mange presque plus non plus. Je vais rendre les clés de cette existence, et fermer la porte en partant.

Je ne sais pas où je finirai mes jours. En France assurément, en Bretagne probablement. Dans ma maison ? Dans un hôpital ? Finalement, même la France n'est pas assurée. Les Français doivent encore partir pour bien mourir.

C'était une chance d'être encore là. De vous avoir connue. 86 ans, c'est bien déjà. Mais on ne se sent pas mieux à 86 qu'à 40. Très progressivement, le corps change, devient prégnant, on éprouve des difficultés à marcher, à dormir, à… mais je ne vous écris pas pour évoquer tout ce qui peut me tourmenter.

J'ai lutté contre la mort à ma manière. Contre l'oubli des choses. J'ai lutté. Oui. Un temps, et je suis toujours là. Mais aujourd'hui je ne veux plus lutter.

Madeleine

Chère Madeleine,

Vous m'avez appris qu'il fallait se battre pour ceux qu'on aime, qu'il fallait dire non. Alors, non ! Vous ne pouvez pas baisser les bras. Pas vous ! Vous devez tenir encore. J'ai besoin de vos lettres. De vos livres. Et les lecteurs aussi ont besoin de vos écrits.

Les médecins font des miracles de nos jours. N'abandonnez pas ! Ne m'abandonnez pas.

Louise

Chère Louise,

La vie nous rattrape toujours et la mort gagne chaque fois, alors il faut savoir brûler la vie par les deux bouts, mais ne pas la brûler trop vite.

Vous croyez avoir encore besoin de moi, mais vous avez des frères et sœurs artistes et leurs œuvres sont partout autour de vous. Toutes ces voix, toutes ces âmes existent : à vous de leur faire une place. De vous créer un patrimoine, un matrimoine même. Les artistes forment une chaîne et nous avons besoin de tous ses maillons. Les peintres ont besoin de musique, les musiciens de livres, les écrivains de tout ce que les autres artistes peuvent offrir de beau. Nous sommes interdépendants. Chaque grand écrivain a été influencé par des plus grands que lui à une époque révolue, puis il a pris la relève et a écrit des ouvrages différents, utiles et magnifiques à leur façon. Heureusement qu'il n'y a pas qu'un seul grand auteur à lire. Un seul artiste pour vivre.

Il faut faire de la place aux nouvelles voix. Alors, je partirai sans faire de bruit, sans dérangements, et j'éteindrai la lumière avant de partir.

Je vous avais dit que la littérature avait le pouvoir de changer le monde, mais ce n'est qu'une chimère à laquelle j'aimais me raccrocher.

On ne change pas le monde, au mieux on change une personne à la fois, et, je ne me fais pas d'illusions, dès que je serai morte, on m'oubliera aussitôt. J'aimerais dire « brûlez mon corps, brûlez mes livres, je m'en fiche », mais ce serait faux.

Cela me fait mal de penser que tout cela va s'arrêter avec moi.

Madeleine

Chère Madeleine,

La mort n'éteint pas toutes les lumières. Elle garde celles des étoiles. Et pour les artistes, tout ne s'arrête pas non plus. Il reste leurs œuvres.

Vous laisserez derrière vous des personnages qui, eux, ne mourront jamais. Ils vivront dans la tête des lecteurs, grandiront avec la génération suivante, survivront dans les rayonnages des bibliothèques et les étagères des librairies. Ils auront existé avec vous et après vous.

Votre passage sur terre et vos choix n'auront pas été vains. Une vie vouée à l'écriture. Aux autres.

Passée à dénoncer les injustices. À impacter la vie des gens. À les faire agir. À les transformer.

Peut-être n'avez-vous changé qu'une personne, mais vous m'avez changée, moi ! Follement !

Louise

2

Chère Madeleine,
Je suis à mon bureau. Mon regard se porte jusqu'à la fenêtre. Je vois un rouge-gorge et je pense à vous…
12 h 50. C'est le festival des oiseaux. Le gang des mésanges charbonnières chasse le rouge-gorge. Le rouge-gorge agresse les deux mésanges bleues, trop frêles pour rivaliser. Le roitelet triple bandeau reste bien à l'écart, caché dans la haie. Et le troglodyte arrive tranquillement après la bataille. D'habitude, cela me met en joie.
Je n'arrive plus à travailler. Je n'ai envie de rien sauf de continuer à vous écrire… Le plus longtemps possible.
Louise

Chère Louise,
Vous allez être contente. Je suis descendue chez le médecin. Il vient de rentrer à la clinique après un assez long voyage hors de Bretagne. L'opération devait se faire à jeun : nous avions pris rendez-vous pour les premières heures de la matinée. On m'a alloué une chambre où je me suis débarrassée de

mes vêtements et j'ai enfilé une tunique et un pantalon bleu nuit. J'ai pensé à vous et aux murs de votre bureau.

La chambre donne sur des arbres, je suis restée plus d'une heure, assise sur la chaise, près de la grande fenêtre, à observer les feuilles vertes qui dansaient dans le vent. Pas de soleil ardent, quelques chants d'oiseaux, de quoi faire ralentir les battements de mon cœur et achever de me détendre.

Moi qui ai toujours fui les hôpitaux, je n'ai pas eu peur. Si ma vie avait dû s'arrêter là, c'était un bel endroit pour mourir.

Dans le bloc opératoire, la lumière au plafond était aveuglante et il faisait un froid glacial. L'anesthésiste est entré et m'a dit : « Je vais lancer un premier produit. » Je n'ai jamais entendu la suite. Réveil à 13 h 13. Je n'y ai pas vu de signe. J'ai d'abord été dans un état cotonneux, mais rapidement mon corps s'est mis à irradier. Je vous épargne les détails qui seraient aussi désagréables pour vous que pour moi. Disons seulement que je me suis réveillée, ce qui n'est déjà pas si mal.

À peine installée dans ma chambre, visite de la docteure de garde. « Vous écrivez des livres, paraît-il ? Je suis désolée, moi, je ne lis pas. Ça parle de quoi ? Romans d'amour ? Thrillers ? Polars ? » Puis l'infirmière est entrée, les yeux brillants : je sais qu'elle m'a reconnue. Elle a vérifié tous les pansements, notamment ceux des parties que j'aurais préféré garder pour moi, mais il est difficile de rester sur un piédestal en présence du corps médical, difficile aussi de garder sa pudeur de femme. Mais c'était fait avec amour et bienveillance.

Ils m'ont gardée pour la nuit. Peur d'une phlébite. J'ai accepté à contrecœur. Je déteste devoir rester à l'hôpital, je ne dors et ne mange bien que chez moi. Mais une nuit et deux journées, qu'est-ce que c'est…

Et puis ce n'était pas si mal. Deux biscottes (quatre, en vérité), servies à 16 heures, avec un fromage à tartiner et du beurre demi-sel. On m'en aurait proposé plus que je n'aurais pas dit non. Mais on ne m'a rien proposé. Et à 18 heures, le plateau du soir arrivait : soupe aux vermicelles (cela m'a rappelé mon enfance), saumon en quenelle avec sa sauce béchamel, et des légumes que j'ai goûtés à plusieurs reprises mais qui n'ont pas réussi à me convaincre. Pour finir, une compote de pommes que j'avais économisée lors du goûter.

Finalement, pouvoir rester au lit toute une journée, c'est un luxe qui m'était inédit. Et je dois reconnaître que cela fait du bien quand d'autres prennent soin de nous.

Je vous embrasse.
Madeleine

Chère Madeleine,
Je suis soulagée de savoir que vous vous faites soigner.

Je ne fais pas plus long. Je sais que, même si vous ne me le dites pas, l'opération a été fatigante.

Je vous embrasse.
Louise, qui pense fort à vous et vous aime

Chère Louise,
Je dois vous avouer quelque chose d'important. À l'hôpital, j'ai eu le temps de lire votre quatrième roman.

Tout le monde peut écrire, mais tout le monde n'est pas écrivain. Je vous l'ai souvent dit, un véritable écrivain, c'est quelqu'un qui va chercher la vérité et va se montrer d'une honnêteté radicale. Il faut un certain courage pour ne pas succomber à l'autocensure et à la retenue en pensant à la manière dont le texte va être reçu. Surtout quand on sait que certains ne vont pas aimer ce que l'on écrit. Mais c'est important de le faire quand même, important de rester fidèle à la justesse de son personnage, de son histoire et de la vision du monde que vous essayez de partager. Et tout cela, je l'ai vu dans votre dernier ouvrage.

C'est beau d'assister à la naissance d'une écrivaine.
Madeleine

3

Chère Louise,

À chaque nouvelle parution, vous m'avez envoyé votre nouveau roman, et chaque fois je vous ai répondu par une courte lettre de remerciements, vous faisant comprendre que je ne vous lirais pas. Néanmoins, je vous ai toujours lue et cela vous ne le saviez pas.

Comme ma mère en son temps, l'une des meilleures réactions qu'un proche peut avoir est de lire et de ne rien dire. Et toutes ces années, c'est ce que j'ai fait. Je ne voulais pas que cela interfère dans notre amitié ou modifie en aucune façon notre relation. Nous avons tous notre sensibilité, notre regard sur le monde, notre plume, et personne n'a jamais de bons conseils à donner sur un texte : on est ému ou on ne l'est pas. C'était à vous de trouver votre voie et je ne pouvais que vous encourager à continuer.

Je dois cependant vous dire que votre dernier roman m'a beaucoup touchée. Je sais que vous avez écrit là votre texte le plus intime, celui que vous ne pouviez pas du tout écrire à 30 ans et qu'il vous a fallu beaucoup de courage pour l'entreprendre.

Désormais, après avoir écrit cela, vous nous avez montré (et vous vous êtes montré) que vous pouviez tout écrire.
Madeleine

Chère Madeleine,
Je vous remercie infiniment pour vos mots, qui ne peuvent me faire plus plaisir et me toucher davantage. Je crois que c'était celle-ci, la « consécration » que j'espérais le plus sans jamais oser l'espérer vraiment. Un « C'est bien ce que vous faites, vraiment bien, continuez » de votre part. Et je ne voulais pas vous le voler. Il fallait que cela vienne de vous et que vous le pensiez sincèrement.
Alors, du plus profond de mon cœur, merci.
Louise

Chère Louise,
Quand toute sa vie on a poursuivi un combat intime, on aime savoir que quelqu'un d'autre que soi sera là pour le porter. La relève est en germe. Ma vie n'aura pas été vaine.

4

Chère Louise,

Maintenant que j'ai pris conscience que mes jours étaient comptés, ceux qui me restent comptent double. Je les savoure. Pas pour emplir davantage mes journées, mais pour faire deux fois moins. Ralentir, contempler, me remplir de beau. La beauté sauvera le monde, a-t-on dit. Depuis mon belvédère, j'ose y croire encore.

J'éprouve une grande jouissance à profiter d'une belle journée ensoleillée. La nature a été mon pilier, le chant des oiseaux mon réveil, le ressac des vagues la bande originale de ma vie.

Peut-être n'ai-je été si économe dans mes relations avec les autres que parce que j'ai tant versé d'encre pour les imaginer et les dépeindre plus généreux, meilleurs, plus tournés vers la nature.

Mon petit rouge-gorge vient de se poser sur le dossier de la chaise voisine à la mienne et il me fait la conversation. Qu'est-ce qu'il cause ce matin ! N'a-t-il pas eu assez à manger dans mon bac à compost ? Il en a fait des allers et retours pourtant. Je ne sais pas combien de temps vit un oiseau et je m'en fiche. Il est là et nous accordons nos deux solitudes.

Je l'aime, ce rouge-gorge. Même s'il me semble un peu chétif parfois, c'est le plus fidèle. Mon compagnon de vie. Le dernier, depuis que ma chienne est partie. Moi aussi, j'ai maigri d'ailleurs. Je flotte dans mes vêtements devenus trop grands. Dire que l'on passe sa vie à se trouver trop ceci ou trop cela.

Je n'ai jamais été nostalgique, mais hier je me suis surprise à feuilleter un vieil album photo, et c'était comme entrer dans une autre vie. Ce n'est plus moi. Je ne suis plus *elle*. Et pourtant... Qu'est-ce qui nous différencie ? Qu'est-ce qui a changé en moi et qu'est-ce qui est resté pareil ? Nos lectures, nos expériences de vie, nos rencontres ? Ce sont toutes les questions qui me hantent encore et que j'essaie d'éclaircir. Il me reste peu de temps, mais cette dernière tâche-là, je souhaite l'accomplir.

Sur la photo, je me suis trouvée jeune, souriante, et jolie !

Tiens, un gazé vient de se poser près de moi... et c'est ça ! C'est une transformation. C'est toute mon apparence qui a changé. Mais pas que ! Mes pensées aussi, mes obsessions. Dire qu'à cette époque je me trouvais laide ! J'ai passé ma vie à me détester et, quand j'y reviens des années après, je me rends compte que j'aurais dû me ficher la paix.

D'ailleurs, cette fille-là sur la photo se fiche de tout et ignore les règles. Elle est très solitaire et orgueilleuse, parce qu'elle passe son temps à lire et qu'elle sait plein de choses que les autres ne savent pas. Elle veut se perfectionner, pour se distinguer encore davantage des autres. Elle est très sûre d'elle. L'avenir l'attend. Elle est persuadée qu'un jour ou l'autre, tôt ou tard, elle écrira.

Très souvent il m'arrive d'essayer de voir la femme que je suis devenue depuis la jeune fille que j'ai été. Avec mes yeux de l'époque. Je pense que la fillette de 10 ans aimerait la femme que je suis maintenant. Elle était déjà spéciale par rapport à sa famille. À être artiste sans le savoir.

Alors qu'est-ce que j'aimerais lui dire à cette petite fille ?

Qu'elle n'ait pas peur.

Madeleine

5

Chère Louise,
Les nouvelles ne sont pas bonnes. Je suis malade et désormais les médecins et moi savons que cette maladie m'emportera. C'est peut-être mieux ainsi. J'ai toujours aimé savoir la fin des histoires avant de les écrire.

Au moment où je vous annonce ceci il me semble peu important d'avoir été une écrivaine, une mère, une fille, ou une grand-mère... J'ai vécu en artiste et les événements m'arriveront toujours pour une bonne raison. Pour que j'en fasse quelque chose. Pour que tout serve. Même la mort.

Hier encore, je courais après un garçon et quelque temps après on me proposait de sortir mon bébé hors de mon ventre et de le déposer sur ma poitrine. Hier encore, je prenais la plume pour la première fois. Hier encore, j'ouvrais ma boîte aux lettres...

La vie se résume en trois temps. Hier, aujourd'hui, demain. Les trois temps d'une courte valse. La valse de la vie.

Madeleine

Chère Madeleine,

Je ne pourrai jamais accepter qu'un jour vous ne fassiez plus partie de ma vie. Jamais ! Alors je vous préviens, vous aurez intérêt à me rendre visite, parce que de toute façon je vous harcèlerai et vous me supplierez de vous ficher la paix. Comme vous l'avez fait avec Emily Dickinson.

N'abandonnez pas, Madeleine, pas si vite, pas maintenant. J'ai tant de choses encore à vous dire... Tant de choses à apprendre, à entendre de vous.

Il y a toujours une voix dans ma tête, mais elle a changé. C'est une voix amie désormais, et c'est la vôtre. Elle a remplacé toutes les autres et ce sont vos phrases qui résonnent et me portent : « Vous pouvez le faire. Maintenant qu'on a vu de quoi vous étiez capable, on n'attend pas moins de vous. Continuez, faites-vous confiance, suivez votre instinct. C'est beau d'assister à la naissance d'une écrivaine. Cela s'arrêtera quand vous l'aurez décidé. Vous n'avez plus besoin de doudou, plus besoin des autres pour connaître votre valeur. N'ayez pas peur d'aller vers votre peur, c'est là que réside la vérité, là que l'on apprend. Persévérez. N'ayez plus de plan B. La liberté, ça ne se décrète pas, ça se prend. »

Il suffit d'une personne pour avoir de nouveau confiance en soi. D'une personne qui croit en nous, qui nous veut du bien, qui nous rappelle que nous avons le droit. Ma confiance est encore fragile mais je la reconquiers chaque jour un peu plus. Et je vous la dois. Je vous dois tant...

Je vous dois l'ambition. Je sais qu'elle doit être immense, et la portée, universelle. Je vous dois le courage, la rébellion, la colère, la transgression. Vous m'avez bousculée, secouée, forcée à me regarder dans un miroir, à prendre des risques, à dire des choses tues trop longtemps : vous m'avez appris à ne plus être la gentille fille sage que j'avais toujours été. Je vous dois d'avoir affronté mes peurs, d'avoir pris la parole. Je vous dois de savoir dire et pas seulement écrire. Je vous dois d'avoir rêvé en grand. Et je vous dois d'aimer être une femme.

Toute ma vie, j'ai toujours voulu être un homme. Pour ne pas être empêchée. Pour être libre. Libre de dire, de faire, de désobéir, de déplaire, de décevoir... Avant vous, les femmes, je trouvais ça nul ! Mais avant vous je n'avais pas de modèles, et les femmes, je ne les connaissais pas. Je ne connaissais pas leur force, leur sensibilité, leur puissance émotionnelle, leur justesse, leurs batailles intimes avec leur corps, avec leurs grossesses, avec leur entourage. Je ne connaissais que leur silence, leur sourire de façade, leur super-pouvoir à toujours tout concilier parfaitement. Et mon impuissance à y parvenir. La révolution des femmes a eu lieu et vous y avez contribué. Ma propre révolution a eu lieu et c'est à vous que je dois ma liberté.

On dit qu'on écrit toujours pour une personne, je crois que, moi, j'ai toujours écrit pour vous. Et si

je ne veux certes pas me décevoir, je m'en voudrais terriblement si un jour j'étais amenée à vous décevoir, *vous*.
Louise

Chère Louise,
Rassurez-vous, Louise, vous ne me décevrez jamais.

6

Chère Madeleine,
J'ai fait un rêve... Ou plutôt était-ce une sensation étrange.

Tout était bleu-gris, sépia. Une journée blanche et venteuse. Tel un albatros, je survolais la mer, le bruit des vagues était assourdissant. J'arrivais sur votre île. Il y avait des branches cassées éparpillées partout dans votre jardin, la porte de votre maison battait et vous n'y étiez pas. Vous n'étiez nulle part. Je continuais de voler, traversant chacune des pièces de votre maison ; la radio allumée n'émettait qu'un grésillement. Dehors votre chienne, bien vivante, était attachée et essayait de s'échapper. Comme pour avertir et empêcher quelque chose. Mais il n'y avait aucune autre présence. Pas un animal, pas âme qui vive. Les bateaux claquaient sur la mer démontée, l'écume giclait. J'inspectais chaque recoin de votre île. La pierre, l'iode, les landes, mais personne. Je vous cherchais car je tenais fermement dans mes pattes une lettre pour vous. Impossible de vous la donner. Et susurrés dans le vent, j'entendais des noms... Virginia, Emily, Sylvia, et le vôtre. D'autres oiseaux comme moi arrivaient, de toutes parts, avec des lettres, des lettres pour vous, et ils se mirent à voler ensemble. Ils savaient. Ils savaient où aller. Ils volèrent longtemps, et je volais avec eux. Soudain, j'ai reconnu mon arbre, mon chêne, celui dans lequel niche ma chouette hulotte, j'ai reconnu ma fenêtre en bois à l'étage et je me suis vue endormie. Et les oiseaux, dehors, attendaient, guettaient mon réveil, ils étaient là, prêts.

Je me suis réveillée en sursaut, le cœur palpitant. La fenêtre était ouverte, elle battait, elle avait dû s'ouvrir avec le vent, et par terre, mon encrier était tombé.

Est-ce que tout va bien, Madeleine ?

Je suis sûre que c'était votre maison, je suis sûre qu'il s'est passé quelque chose. Moi qui ne vous ordonne jamais rien, répondez ! Répondez-moi vite. Même un mot. Un simple « tout va bien ». J'ai déjà envie de sauter dans le prochain train. Je maudis notre manie de n'avoir jamais voulu échanger nos numéros de téléphone. J'aurais tant besoin d'entendre le son de votre voix.

Je sais que c'est ridicule, que tout ça n'était qu'un rêve, mais j'ai un mauvais pressentiment. Ce n'était pas un rêve comme les autres. C'était un présage. Comme si ce rêve avait quelque chose d'urgent à me faire comprendre. Comme un appel. Ça ne venait pas de moi, ça venait *à* moi.

Ce n'est pas normal. Quelque chose ne va pas, Madeleine. Je le sens.

Louise

7

Chère Madeleine,
C'est à nouveau moi. J'allume la radio, on parle de vous. Je suis soulagée. Les journalistes évoquent le prix Nobel. Mon fils aîné, qui vient d'entrer dans la cuisine, me demande si je ne suis pas trop triste de ne pas l'avoir eu. On en rit, puis j'écoute plus attentivement et, je ne sais pourquoi, je bloque sur l'emploi de l'imparfait. Pourquoi parlent-ils tous de vous au passé ? Ai-je mal entendu ce qu'ils disaient ? Quand je commence à comprendre, je sors de la maison et cours vers la boîte aux lettres.

Une enveloppe. Une grosse enveloppe de vous.

Je la décachette, en extirpe une courte lettre, et votre écriture me saute aux yeux.

« Ma chère Louise, chère amie écrivaine, chère sœur des grands doutes et des petites joies,

Aujourd'hui le rouge-gorge n'est pas venu. Je crois qu'il ne reviendra plus. Je ne savais pas qu'une existence tenait à cela. À ces rencontres qui égayent un quotidien, qui justifient encore de continuer malgré tout.

Les choses me seront toujours arrivées pour une bonne raison. Pour que j'en fasse quelque chose. Alors je peux subir et attendre, ou agir et faire avancer la dignité. J'ai décidé de partir avec toute ma tête et un stylo à la main. Et mes derniers mots, mes dernières pensées seront pour vous.

Nous sommes des aimants, nous attirons à nous ceux dont nous avons besoin, et la vie vous a mise sur mon chemin parce que j'avais besoin de vous.

C'est vous qui m'avez remise à l'écriture. La première fois que j'ai repris le stylo, c'est avec vos lettres. Cela faisait des années que le désir s'était tari. Envolé avec l'amour des miens. Vos missives sont arrivées dans ma vie comme un petit miracle. Quelques lignes par-ci et quelques conseils par-là, et l'envie est revenue. La nécessité aussi. Celle de partager.

Je viens de finir mon dernier texte. Vous le trouverez dans l'enveloppe. Je n'avais qu'une peur : que cette maladie m'emporte avant de l'avoir terminé. Ce mode d'emploi de la vie que j'ai longtemps cherché, j'ai fini par l'écrire. C'est vous qui m'avez fait prendre conscience qu'il me restait une dernière chose à transmettre. La part manquante de mon histoire. Je vous le confie. Il n'a peut-être pas vocation à être publié, je vous laisse le soin d'en juger.

Mon chemin s'arrête ici. Mais ce n'est pas grave. Plus rien n'est grave.

On ne choisit pas sa vie ou son destin. On le reconnaît et on s'y soumet. Bien des hommes ne voient pas les signaux sur leur chemin. Moi, je crois avoir trouvé celui qui était fait pour moi. Celui qui m'a rendue infiniment plus libre, même si, pour conserver cette liberté, il y a eu un prix à payer.

Cette vie, je ne m'en plaindrai jamais. Ce sont les chaînes de la servitude que j'ai acceptées, que j'ai aimées, et si je le pouvais, je m'y attacherais encore volontiers à cette feuille et à ce crayon de papier.

J'achève ce dernier texte avec le sens du devoir accompli. Ces cinq secondes de bonheur qui justifient tout. Je n'ai plus rien d'autre à dire. Je peux partir tranquille.

Je pars seule, mais je n'ai pas peur.

Je dédie ce texte à mes fils qui, un jour peut-être, comprendront que je n'étais pas qu'une mère. Parfois la vie nous offre une seconde chance, et d'autres fois non.

Le hasard ne m'aura pas apporté ma petite-fille Louise, mais Louise, une petite sœur. Je ne sais pas si elle aurait aimé me connaître ou si elle m'aurait aimée tout court, mais vous, Louise, je vous ai tant aimée. Merci d'avoir partagé un bout de votre existence avec moi. Vous allez terriblement me manquer.

Comme les plus belles années d'une vie sont celles que l'on n'a pas encore vécues, je sais que le meilleur est devant vous. Je vous souhaite de retrouver quelqu'un qui sera aussi important dans votre vie que vous l'avez été pour moi.

Le médecin vient d'entrer dans ma chambre. Je lui ai demandé d'ouvrir la fenêtre lorsque… ce sera fini. Je viendrai vous rendre visite. Guettez-moi, vous saurez me reconnaître.

Je l'aimais, cette vie… Ça y est. Plus d'encre.

De toute façon, c'était écrit qu'un jour je n'écrirais plus.

Écrivez pour moi, écrivez pour nous, et un jour, passez le relais.

Je vous embrasse du plus profond de mon cœur,

Votre amie écrivaine,

Madeleine »

Le rouge-gorge vient de se poser à côté de moi. Il est resté, alors je n'ai pas pleuré. Je sais que vous êtes là.

Merci, Madeleine, de ne pas m'avoir abandonnée. Vous avez tenu votre promesse et je tiendrai la mienne.

Épilogue

Chère Louise,

Je m'appelle Sarah et je tenais à vous dire que j'ai grandi avec vos livres. Depuis des années, ils m'accompagnent et, à travers votre histoire et votre parcours, j'ai l'impression que vous savez tout de moi. Souvent je vous relis et, toujours, j'y retrouve une amie, qui m'aiguille, me comprend, car elle a tout vécu avant moi. Avec vos livres, je ne me sens jamais seule.

Vous faites partie de ma vie, alors, du fond du cœur, merci.

Je ne vous vole pas davantage votre temps. Je vous sais corps et âme dédiée à l'écriture. Simplement pour vous dire « Il est là », je l'ai écrit, et c'est grâce à vous. C'est un petit roman, mais il a été fait avec le cœur, et avec un peu de courage aussi.

Je ne vous demande pas de conseils, un roman entier ne suffirait pas pour étancher ma curiosité.

J'espère un jour vous croiser pour vous remercier de vive voix. Je ne viendrai pas vous importuner, mais je serai fière d'avoir, un instant, été à vos côtés. Vous êtes un modèle pour moi.

Merci d'être un phare, merci d'être une grande sœur, courageuse et libre. Avec vous, j'ai l'impression que tout est possible.

Et cette liberté et ces rêves fous, je vous les dois.

Je vous embrasse très fort.

Sarah, écrivaine

POUR VOUS EN DIRE PLUS

Chers lecteurs, chères lectrices,
Ce roman n'existerait pas sans mon roman précédent, *L'Envol*, que j'avais écrit grâce au courage insufflé par une autre écrivaine, Annie Ernaux. Je lui avais envoyé le livre, accompagné d'une courte lettre, pour la remercier. À ma grande surprise et pour mon plus grand plaisir, elle m'avait répondu – ce qui, vous pouvez l'imaginer, m'avait donné envie de lui écrire, encore et encore. Mais pour ne pas l'ensevelir davantage sous les lettres de remerciements et pour la laisser écrire ses propres livres, je me suis abstenue et j'ai imaginé les réponses qu'une écrivaine expérimentée donnerait à une écrivaine novice. Cela a donné le roman que vous tenez entre vos mains.

Madeleine, ce n'est pas Annie Ernaux, mais toutes ces écrivaines que je connais intimement grâce à la lecture de leurs journaux intimes, de leurs entretiens et de leurs correspondances. Virginia Woolf, Sylvia Plath, Marguerite Yourcenar, Simone de Beauvoir,

Emily Dickinson, Marguerite Duras, mais aussi Franz Kafka, Jack London et tant d'autres.

Entre le premier et le dernier roman, dix ans se sont écoulés, et en dix ans, j'en ai appris, des choses. Je ne suis plus novice, ni encore expérimentée, mais assurément je ne suis plus la même. Alors suis-je Louise ou Madeleine ? Aucune vraiment, mais beaucoup des deux. Et ce dialogue intérieur, entre celle qui doute et celle qui sait, je l'ai continuellement en moi.

En dix ans, qu'est-ce que l'écriture a changé dans ma vie ? Tout. D'ailleurs, deux lapsus se retrouvent systématiquement dans mes manuscrits : « libre » pour « livre » ; « être » pour « écrire ». Je ne sais pas si Freud comprendrait…

L'écriture, c'est toute ma vie. Elle m'a apporté mes plus belles rencontres, mes plus grandes émotions et un peu plus de confiance en moi, même si, comme me le disait Samuel, un fidèle lecteur d'Amiens : « Continuez toujours de douter. Ainsi, vous ne savez pas ce dont vous êtes capable et vous dépasserez vos propres limites. »

Alors tout ce que j'ai appris lors de ces dix années, j'ai voulu le partager et vous faire entrer dans les méandres de la création. La transmission a toujours été au cœur de mes romans.

Il n'y a pas eu de « Madeleine » dans ma vie, mais quelque part c'est une chance. J'ai dû aller la chercher ailleurs.

Alors merci aux écrivains et écrivaines avec lesquels j'ai grandi, merci pour vos journaux et merci pour votre sincérité. À travers vos écrits, l'on se sent moins seul. Et merci chères consœurs et chers confrères écrivains pour vos mots si touchants à propos de *L'Envol*.

Merci à vous, chères lectrices et chers lecteurs, pour l'émotion que l'on partage chaque fois et pour ces phrases que vous me soufflez et qui me portent réellement quand je suis seule dans mon bureau. « Continuez à écrire. Ne vous arrêtez jamais. Je vous lirai toujours. » Vous faites partie de ma vie. Merci pour votre fidélité : sans vous, je ne suis rien.

Merci à mes éditeurs pour la liberté, merci pour l'accompagnement depuis dix ans, pour l'écoute et pour les conseils qui rompent la solitude de l'écriture.

Merci aux libraires avec qui, au fil des années, s'est tissée une relation particulière et profonde. Je partage avec vous des larmes, des grenadines, des grèves et des crèves, des files d'attente, des fous rires et tellement plus encore.

Merci à Olivier, mon mari, pour ces dix années lors desquelles l'écriture est arrivée dans notre vie et a tout chamboulé.

Merci à mes enfants. À Gaspard de m'avoir tatoué le mot *libre* sur la main avec laquelle j'écris, et à Jules d'avoir envie d'écrire un roman à quatre mains.

Merci à Romy, ma chienne golden retriever, et merci aux rouges-gorges, aux mésanges, aux écureuils, mes compagnons d'écriture et d'inspiration lors de mes longues séances de décantation/contemplation avec une tasse de thé à la main. Je ne dis pas merci aux tourterelles, ni aux pigeons ramiers, mais un grand merci aux chouettes hulottes qui m'accompagnent la nuit. Et merci aux gouttes de pluie sur les toits en zinc, aux orchidées qui refleurissent, aux saisons qui passent dans les arbres et les jardins, et aux étoiles. C'est beau de relever la tête de temps en temps.

Et enfin, merci à Sarah… La vraie.

Parce que l'écriture ne m'a pas seulement permis de trouver ma place, elle m'a apporté ce que j'ai de plus précieux : une « amie ». Une écrivaine, qui écrit mais ne publie pas encore, et avec qui j'éloigne la solitude et les doutes. Une artiste avec qui je partage l'émerveillement face à la beauté de l'art et de la nature. Une sœur avec qui vivre plus intensément. L'une de mes plus belles rencontres de ces dernières années, que la vie a mise sur mon chemin, un jour de dédicace.

Sarah, merci d'être entrée dans ma vie.

À elle, et à toutes les âmes artistes qui écrivent ou n'écrivent pas encore, qui créent ou ne se sont pas encore autorisées, à vous de prendre le relais. À travers votre passion, que ce soit l'art ou non, à vous de suivre votre instinct, de ne pas céder sur votre désir, de donner de la voix, et de prendre sans permission le flambeau. On n'a qu'une vie…

Je vous embrasse.

Aurélie

De la même autrice :

Mémé dans les orties, Michel Lafon, 2015 ; Le Livre de Poche, 2016.
Nos adorables belles-filles, Michel Lafon, 2016 ; rebaptisé *En voiture, Simone !*, Le Livre de Poche, 2017.
Minute, papillon, Fayard, 2017 ; Le Livre de Poche, 2018.
Au petit bonheur la chance, Fayard, 2018 ; Le Livre de Poche, 2019.
La Cerise sur le gâteau, Fayard, 2019 ; Le Livre de Poche, 2020.
Né sous une bonne étoile, Fayard, 2020 ; Le Livre de Poche, 2021.
Le Tourbillon de la vie, Fayard, 2021 ; Le Livre de Poche, 2022.
La Ritournelle, Fayard, 2022 ; Le Livre de Poche, 2023.
L'Envol, Fayard, 2023 ; Le Livre de Poche, 2024.
La Fugue, JC Lattès, 2025.

LES PLUS BEAUX ROMANS
D'AURÉLIE VALOGNES
EN VERSION AUDIO
CHEZ AUDIOLIB !

A découvrir en livre audio chez Audiolib

PAPIER CERTIFIÉ

Le Livre de Poche s'engage pour l'environnement en réduisant l'empreinte carbone de ses livres. Celle de cet exemplaire est de :
150 g éq. CO_2
Rendez-vous sur
www.livredepoche-durable.fr

Composition réalisée par PCA

Achevé d'imprimer en France par
CPI BRODARD & TAUPIN (72200 La Flèche)
en février 2025
N° d'impression : 3059923
Dépôt légal 1re publication : mars 2025
LIBRAIRIE GÉNÉRALE FRANÇAISE
21, rue du Montparnasse – 75298 Paris Cedex 06
marketing@livredepoche.com

47/8872/2